下級巫女、行き遅れたら
能力上がって聖女並みになりました

登場人物紹介
ガルン
駐屯地をまとめる総隊長。
いつも怪我をしてハナに
癒してもらっている。
ハナ
キノ王国の駐屯地で働く巫女。
普段は眼鏡にマスク、ひっつめ髪の
イケていない格好。
人々を癒すことを人生の目標としているため、
結婚する気はない。
力の程度が低い下級巫女だが、
長年の努力で思ったより能力が上がっている。
素顔は…
金髪に紫の瞳の色白美人。

謎の男
瀕死のところをハナによって
助けられた男性。
金髪碧眼の美青年だが、
怪しい動きをしていて……
マーティー
駐屯地の将来有望な若い兵。
ハナを慕っている。
ルーシェ
王都へ向かう途中で
出会った少女。
何かにおびえているようで――？
マリーゼ
駐屯地で働く下級巫女。
ハナのことを敵視している。

第一章　行き遅れ巫女、駐屯地で兵を癒《いや》す

「おい、隊長だ。また行き遅れ巫女のとこに行くつもりなんじゃないのか？」

「もっと若くてかわいい巫女のとこに行けばいいのに……隊長ならどの巫女選んだって誰も文句言えないだろう」

「そうだよなぁ。髪をひっつめて、大きな眼鏡と大きなマスクで顔を隠した口うるさい行き遅れ巫女を、わざわざ選んで癒《いや》してもらいに行かなくても……」

「同情してるんじゃねぇ？　モテない、彼氏もできない、結婚できずに年だけ食っちゃってさ」

君たち、聞こえてますよ。

私の名前はハナです。ハナという名前の巫女。

行き遅れなんて名前になった記憶はないんだけどな。

確か、入隊三年目のぴーちくトリオですよね。大した怪我でもないのに、いっつもユーナんとこに癒《いや》してもらいに行ってるの、知ってますよ。

まったく。怪我や病気を癒《いや》すのが巫女の仕事とはいえ、若くてかわいい巫女も大変だ。無駄に力を使わされて。

ここはキノ王国の最南端。戦争の最前線の駐屯地だ。

……まぁ、戦争といっても、隣のミーサウ王国とはほぼ睨み合ってるだけの状態で何年も経つ。

だから、私たち下級巫女が配属されているテントにやって来るのは、戦争で傷ついた兵というわけではない。訓練の怪我や病気、森の獣《けもの》や山賊による傷も癒《いや》している。

そんな巫女の能力は、誰もが持っているものではなく、生まれつきのものだ。

国民のすべての少女たちは、十歳になると神殿で癒《いや》しの力があるかどうかの検査をする。能力があれば、その魔力の大きさによって巫女としての立場が決まるのだ。

下級巫女、中級巫女、上級巫女、そして聖女だ。

下級巫女は、一番癒《いや》しの能力の低い者。かすり傷程度しか癒《いや》せない。

下級巫女よりも能力が高い者が中級巫女と呼ばれる。命に係わるような大病や大怪我を完治させることは難しいが、命をつなぎとめることはできる。

その上が上級巫女で、数はぐっと少なくなる。

そして、すべての巫女たちの頂点。一番魔力が大きく、一番癒《いや》しの力が強い者は聖女と呼ばれる。どんな病気や怪我も癒《いや》せるという話だ。

私は、一番力の弱い下級巫女。

十歳で見習い巫女となり、十五歳で巫女としてここに配属されて八年。二十三歳になる。

……もうすぐ二十四歳。

確かに、二十歳までには結婚して駐屯地を去る巫女がほとんどだから、行き遅れと言われても仕方がないといえば仕方がないんだけど。

だけどね、大きな眼鏡と大きなマスクにひっつめ髪は、衛生的にも治療に一番向いてるんだよ。治療に適した服装をしているという点で、褒められるならともかく、けなされるのは納得しかねますよ。

まったく。分かってないんだから。

おや？

「おいお前ら、隊長はハナ巫女が優秀だから彼女のところへ行ってるんだろ」

誰かが私のことを擁護《ようご》してくれているようですよ？

長めの黒髪を後ろで結んでいる若い兵。

ああ、あれはマーティーだ。

マーティーは入隊四年目だっけ。

ふんふん、巫女をちゃんと見た目だけじゃなくて能力でも評価してくれるなんていい子だな。


「ハナ、すまないが、ちょっと足首をねんざしたみたいなんだ。癒《いや》してくれ」

駐屯地の中を歩いていると、大柄で粗野という言葉が似合う男に呼び止められる。

ぴーちくトリオの予言通り、隊長が来ました。

ただ切っただけという短い茶色の髪の毛。髭《ひげ》はところどころ剃《そ》り残しがある。制服もきちんと身に着けているのを見たことがない。上半身は半袖の生成《きな》りのシャツか、その上に前のボタンを留めることなく青い上着を羽織るだけ。

顔の造りはくっきりはっきりしていて、ちゃんとすればイケメンなのに……というのが皆の共通認識のようだ。

「足首をねんざしたと言いましたか？」

眼鏡の奥からガルン隊長を睨みつける。

「私、何度も言いましたよね？　いくら癒《いや》しですぐに痛みが引くからって、無理はするなと。ちゃんと時間をかけて治さないと癖になりますよって……」

低い声が思わず出る。

「いやー、ははは。うっかり、そう、うっかりこの間ねんざしたの忘れて、おんなじ足でちょいっと着地を決めたら……」

「うっかり？　忘れて？　ちょいっと？」

何度も言ったのに。

私の言葉、まるっきり右耳から左耳に流してるってこと？　まったく、本当に、この人は……

「あ、いや、その……」

身長差三十センチ。上からがっつり見下ろされてるし、体格も三倍くらい差がある。だけど私が睨みつける……いや、睨み上げると、隊長はじりじりと後ずさった。

「部下が教えを忘れ、指示を聞かず、命令をたがえたらどうしますか、隊長」

私がそう言うと、隊長はさらに後ろに一歩下がる。

「ここに駐屯している兵たちの総隊長……一番の上司は確かにガルン隊長かもしれませんけど、怪我や病気や体調管理に関しては、治療を行う私たち巫女がいわば上司のようなものだと思ってもらわないと。違いますか？」

そうなのだ。この身なりもどこか粗野でだらしない感じのする男は、こう見えても王都から兵をまとめるために派遣されている騎士様だったりするのだ。

しかし、騎士様と言えば花形職業なのに、なんで王都から遠く離れた隣国との国境――戦争の最前線の駐屯地に派遣されたんでしょう。断ることもできる立場だと思うんだけれど。

我が国キノ王国と、隣国ミーサウ王国は、お互い睨み合うだけで実際は戦闘になるようなことなんて、ここ十年はない。もういっそ、戦争終結宣言して仲良くすればいいのにってくらい、平和と言えば平和。

ここは、近くの森の熊や猪《いのしし》、時々山賊を退治する程度の、最前線という名の田舎《いなか》。ガルン隊長には騎士よりも似合っているというか、騎士が似合わなすぎてここに追いやられ……。まさかね。

「いや、ハナの言う通りで、面目《めんぼく》ない」

「まったく、隊長ももう三十歳ですよね？　いい加減落ち着いていろいろ部下に任せればいいんですよっ！　あ、そうだ！　結婚したらちょっとは落ち着くんじゃないですか？」

おっと、しまった。

「結婚……と言えば、ハナ、誰か紹介しようか？」

隊長が、ふと思いついたように口を開く。

あー、やっぱり。自分に跳ね返ってきたよ。

「ハナのようなベテラン巫女が抜けるのは痛いが、だが、その、そろそろ引き留めてもいいような歳でもないから」

まぁ、こうして一人一人の心配をしてなんとかしてあげようという面倒見の良さが、ガルン隊長のいいところだったりするわけだけど。私のことはほっといてほしい。

「ガルン隊長、私の噂、聞いたことないですか？」

「噂って、アレ、マジなのか？」

ガルン隊長が唖然としている間に、さっさとねんざした足首に癒《いや》しを施《ほどこ》す。

「はい。癒《いや》しました。これが最後ですからね？　もし同じ場所をねんざしても、次は包帯でぐるぐる巻きにして癒《いや》しませんからっ！　じゃあ、私、仕事があるんで失礼します！」

噂は聞いたことがあるんですね。だったら、なおさらほっといてくれたらいいのに。

さぁ、仕事仕事。ガルン隊長に背を向けて、持ち場であるテントへと足を向けた。


巫女は五つの治療テントに分かれ、二交代制で働いている。

今の私の担当は第一治療テントだ。

「どうしよう、どうしよう……」

第二治療テントの裏側で、一人の少女がしゃがみ込んで頭を抱えている。

「あら、ユーナどうしたの？」

「ハナ先輩……わ、私……」

涙でぐしゃぐしゃになったユーナの顔。青ざめてひどく憔悴《しょうすい》している。けれど、ここで働き始めた十五歳の時と比べてとても綺麗になった。ユーナは十八歳になったところだろうか。

ああ、知ってる。これだけ綺麗になった子たちを、私は何度も見てきたから。

「恋をしたのね。好きな人と、思いが通じ合ったのでしょう？」

しゃがんで目線を合わせて尋ねると、ユーナがこくりと頷いた。

そっと、安心させるようにユーナの肩に手を置く。

「駄目だって、分かってたんです、でも、どうしても、彼と……気持ちが抑えられなくて……」

巫女の能力は好きな人と思いが通じるとなくなってしまう。具体的に言えば、キスやその先のことを経験すると――ということらしい。

「大丈夫よ。巫女が恋をして結婚して子供を生むのは、祝福されることなのだもの。だって、巫女の生む子には優秀な巫女が多いからね。それは知っているわよね？」

ユーナが頷く。

そう。かつての聖女はみな、元巫女から生まれた子たちだ。だから巫女は能力を失うことを前提に恋愛も結婚も許されていて、歓迎されている。

「だけれど、巫女を辞めることはもう少し前に報告するべきだったわね。代わりの巫女が配属されるまで、担当していた第二治療テントの怪我人への、癒《いや》しによる治療が中断してしまうのよ？」

とは言ったものの、恋する男女は時として理性を失うものだと知っているし、下級巫女で癒《いや》せる怪我や病気なんてほうっておいても治る程度なのだ。国としても、こういうことがあるのは暗黙の了解なんだろう。

そもそも、戦争の最前線に下級巫女を配属する理由は、集団見合いみたいなものなんだから。農家の嫁にするより、国のために戦う兵の嫁に巫女を……ってね。

下級巫女は、兵たちが詰める駐屯地や訓練場などが主な職場。給料は人が一か月生活するのにギリギリな額だけれど、駐屯地ならば衣食住にまったくお金がかからないため貯金に回せる。仕送りしている子も多い。

まぁ、少女たちも、〝あわよくば騎士様のお目に留まって玉《たま》の輿《こし》〟を夢見て戦地に来るわけで。兵たちの傷を癒《いや》すために！　なんて真面目に思っている子は少ない。

ユーナは真面目に考えているほうだったけど、でも、恋、しちゃったんだもんね。

こうして能力が消えてこれだけ涙を流すんだから。兵たちを癒《いや》せないことを悩んでるんだから。

やっぱり、真面目だよね。

「大丈夫よ。代わりの巫女が配属されるまでは、私が第二テントの兵たちも癒《いや》すから」

「え？　でも、ハナ先輩は第一テントの担当で……患者は十人いるんですよね？　魔力がとても足りないんじゃ……」

まぁ、普通の下級巫女ならばそうでしょうね。だけど、私の場合……

「任せて。これでも巫女歴八年。行き遅れ巫女ですからね？」

ふふっと自嘲気味に笑ってみる。

私はもう二十三歳だが、ほとんどの巫女は、十五歳で国に仕え、二十歳までに引退していく。理由の多くは、能力を失うから。つまり、恋をして結婚をして引退する。二十歳を過ぎても巫女として働いていれば、行き遅れと揶揄《やゆ》されても仕方がないのだ。

巫女の力は使えば使うほど、少しずつ上がっていく。まぁ、それは微々たるものなのだが、八年も毎日休まずほぼ限界まで……時にはぶっ倒れるまで使うとかなり能力は向上する。

正直、最近では骨折も一回の癒《いや》しで治せていると思う。……まぁ、本当に骨折しているのか、ただの打撲なのかは分からないんだけれど。

「あの、ハナ先輩は、ここを辞めないんですか？　好きな人がいなくても、その、なんであんな風に言われても続けるんですか？」

本当の理由……。それを話したこともあったけれど……。二十歳を過ぎてからは、適当な理由を話している。

「あら、噂を知らない？　私は氷の将軍が好きなの。彼以外の人と結婚したくないのよ？」

これが一番説得力のある……というか、質問者のその先の言葉を封じるには便利な理由なので、最近はもっぱらこう返している。

「あの噂は本当なんですか？　氷の将軍って、年に二度ほどしかここに来ないのに……。そりゃ、思いが通じれば、相手は公爵家の跡取りで、現役の将軍だから、玉の輿《たまこし》ですよ。年齢は二十八歳なのにまだ独身。貴族のご令嬢や王女様までが彼のハートを射止めようとアプローチしているけれど、すげなく断り続けることから、氷の将軍なんて呼ばれている、あの方を？　年に二度とはいえ、私たち巫女にはお顔を拝見するチャンスがありますし、庶民よりは近づけることもあるかもしれませんが……でも、あの、その……」

ああ、嘘の理由なんだけど、ユーナは真剣に考え始めた。

他の人のように、馬鹿な女だなんて頭から否定しようとしない。馬鹿にはしないけれど、ユーナは必死に私を止めようとしているんだろうな。そりゃ、現実的に考えたらそんな夢を見て婚期を逃すよりも、もっと現実を見て身の丈に合った男性と幸せになればいいのにって思うよ。そのほうが絶対幸せだろうって。

だから、ユーナは私の幸せを考えて言葉を探しているんだよね。

「うん。さすがにね、もう二十三歳だからね。今度、氷の将軍がいらっしゃった時に一言も会話ができなかったら、あきらめようと思っているのよ」

そして、戦地で下級巫女としての活動は引退するつもり。

八年間の給料はほとんど手つかずで貯めてある。引退したら、しばらくゆっくりしようかな。その後、神殿で能力を測ってもらって、中級レベルに達していれば神殿に仕えようと思う。神殿巫女は、神に嫁ぐと言われてるから、結婚しなくても誰も何も言わないしね。

……そう、私は、一生誰とも結婚するつもりはない。

あ、ちなみに上級巫女は王都で貴族連中相手の治療院に所属して、貴族と婚姻を結ぶことが多い。聖女が生まれると家の格が上がるので、聖女を生む可能性の高い上級巫女は人気があるらしい。

聖女はお城住まい。主に、王族の治療にあたる。

せっかく、高い癒《いや》しの能力があるのに、王族の治療しかできないなんて……

私が、巫女であり続けたい理由。

癒《いや》しの能力を失いたくない。この能力があれば、もうあんな思いをしなくて済むはずだから……

「あの、ハナ先輩っ」

いつの間にかユーナの涙は止まっていた。少し目が赤いのは泣いたせいだろう。

「来てくださいっ」

手首をがしっとつかまれて、巫女テントに連れて行かれる。

この戦地に配属されている巫女は二十人いるのだけど、それぞれ五つのテントに分かれて生活している。

「私、もうここにはいられないし、荷物を持っていくのも大変なので、ハナ先輩に差し上げますっ！」

と、ユーナが荷物箱からワンピースを取り出して私の胸に押し当てた。

とても戦場には似つかわしくない、春の光を思わせる柔らかな黄色いワンピース。

「サイズ、合うと思うので着てみてください」

「え？　いや、あの、サイズが合っても、私にこんな綺麗な色のワンピースは……」

もう、私二十三歳だよ。行き遅れのおばさんなんだよ？

「先輩っ！」

ユーナが怖い。

私は言われるままワンピースに袖を通す。……胸元が、少し布が余ります。丈は問題ないかな。

鏡を見ると、ダサいおばさんが頑張って若作りした滑稽《こっけい》な姿が映っている。

「座ってください！」

ユーナの気迫に押され、私は鏡の前の椅子に座る。

「ハナ先輩はいつも髪の毛を一つに結んでお団子にしてますが、このワンピースの色にも負けない綺麗な金髪をしているんです。下ろさないと損です」

……髪を下ろしていても治療の邪魔になるので。

という私の言葉は見透かされていたのか、サイドの髪をみつあみにして背中に回し、後ろの髪が前に落ちてこないようにセットしてくれた。

「この大きな眼鏡も、必要ない時は外せばいいんですよ。先輩の瞳は、朝のうっすら紫がかった空の色みたいでとても綺麗です。それにまつげも長くて大きな瞳」

眼鏡は、何も視力を正すためではない。治療中に血や汗が目に入らないようにガードするためのもので、巫女に支給されるものだ。……眼鏡をかけていると、目がかゆくなることが少なくなって気に入っているんだけどな。

「それに、まるで貴族のように白い肌。マスクで隠しているなんてもったいないです」

八年間もほぼテントの中で治療していて、ほとんど日に焼けていないからだ。病人のようで気持ちが悪い白さだと思う。それを隠すためにマスクをしていると言っても過言ではない。

健康的な肌色がうらやましい。

あ、もちろん病気がうつらないようにというのが、本来のマスクをする目的だ。

ちなみに、うっかり誰かとキスをして巫女の能力を失わないようにという理由もあるんだけど、そもそもキスだけでは能力はなくならないという説もある。そのあたり、はっきり誰かに聞いたことがないのでよく分からない。

「ほら、ほおに少し紅を入れるだけで、とても綺麗です」

ああ、確かに。

ユーナがちょっと化粧をしてくれただけで、白すぎる肌も血色がよいように見える。

「この姿を見たら、ハナ先輩を行き遅れ巫女なんて言う人はいなくなると思うんです。先輩、これも、これも差し上げますから、次に氷の将軍が来る時は、絶対、ちゃんとした格好をしてくださいねっ！　約束ですよっ！」

ユーナが、私の手に、今使った化粧道具を押し付ける。

それからワンピースに合った黄色のリボンを髪に結んでくれた。

「ありがとう」

氷の将軍の話は嘘だけど、ユーナの気持ちはとても嬉しくて、素直にお礼の言葉が口に出た。

あ、そうだ。お礼に、私もなにか渡そう。

ユーナのテントを出て、自分のテントにもらった荷物を置きに向かう。

すると、テントを出て少し歩いたところで、一人の兵から声がかかった。

「ど、どちらに行かれるのですか？　私がご案内いたしますよ？」

私より頭一つ分背の高い細い兵だ。細いと言っても、無駄な筋肉がついていないだけで、鍛えられた体をしている。兵にしては珍しく髪が長めで、肩に届く髪を後ろで結んでいた。目にかかりそうな黒い前髪の奥からは、切れ長の黒い瞳が見えている。

槍使いのマーティーだ。先ほど私を擁護《ようご》してくれた若い兵。

「マーティー、もう手の豆の傷は大丈夫？」

槍の訓練を熱心に行うあまり、何度も何度も豆がつぶれて、時には化膿してひどいことになっていた。癒《いや》しで傷をふさいでもすぐにまた豆をつぶすのだ。

訓練を繰り返すうちに、手の皮が厚くなればそんなこともなくなる。『僕はまだ未熟なのです』と言っていた姿を思い出す。あれはもう四年も前のことになるだろうか？　えーっと、今は十九歳かな？　二十歳になったのかな？

「は？　手の豆？　は、はい」

マーティーが手のひらをこちらに見せてくれた。

「ああ、本当に、立派になったね」

私はマーティーの手を取り、かつてジュクジュクだった手の豆の場所をそっと指の先で撫でる。

硬い。硬くて分厚い皮がしっかりとした手。

「あ、あの、ぼ、僕、なんで、名前を、あっと、えーっと、あ、あなたはその」

マーティーの手を離して、顔を見る。

おや？　焦ったような戸惑いを含んだ表情をしている。

ああ、四年も前の未熟だったころのことを言われても困りますよね。

「頑張ってね」

私はぺこりと小さくお辞儀をしてテントに向かった。

もらった化粧道具などを置くと、もう一度テントを出て、森の中へ入る。

前線基地となっている場所の前方が敵地。

右側には切り立った崖がそびえたち、左側には湖が広がる。背後は森。森と言っても、王都にまで通じる道が整備されているので、入ったからといって迷うことはない。

道を三十分ほど進み、獣道《けものみち》に入る。

確か、この先に綺麗な花が咲き乱れる場所があったはず。

お礼と、恋が成就《じょうじゅ》したお祝いに、ユーナに花束を贈ろう。

以前、微《かす》かな風が花の匂いを乗せてきたので、見つけた場所だ。そろそろ花の香りが――

「え？　この臭い……」

どういうこと？　これは、花の匂いじゃない。

慌てて周りを確認する。

この臭いは、血だ。戦場で、治療テントで働く私が間違えるわけがない。

いったい、どこから？　なぜ、この場所で血の臭いが？

戦場は駐屯地からさらに五キロほど離れた場所だ。戦争とはいえ、敵国と兵たちが睨み合っているだけの状態でほぼ十年。

だからこそ、巫女と兵の見合いなんてのんきな話も出ているわけで。

怪我人が絶えないのは、訓練と、森に現れる狼などの危険な動物の駆除、盗賊などの討伐、それから時々現れる敵側のスパイとの戦闘が主な理由だ。

こんなところで血の臭いというと……狼？　盗賊？

と、とにかく逃げないと！　物音を立てないように踵《きびす》を返した瞬間、小さな音が聞こえてきた。

音のしたほうを確認すると、木々の間から馬の姿が見えた。

花々が色とりどりに咲き乱れるその先の木々の間に、馬の姿。馬は臆病な動物だ。狼などの危険な獣《けもの》がいれば逃げ出しているはず。

ひとまず危険な獣《けもの》がいるわけじゃないと分かって、ほっと胸を撫でおろす。

でも、なぜこんな森の中に馬が？　馬の休憩のため水場を求めるような場所でもない。馬にはちゃんと鞍《くら》が付けられているのが見える。野生の馬というわけでもなさそうだ。

……馬に、乗っていた人はどこ？　じりりと手に汗が浮かぶ。馬だけなんていうことがあるはずがない。そして、血の臭い……

あたりを用心深く探るけれど、人の姿は見当たらない。馬に視線を戻すと、何かしきりに足元を気にしているように見える。

もしかしたら、乗っていた人が落馬して怪我でもしたのかもしれない。

急いで馬のもとへと向かう。

「血……っ！」

馬は私の姿に気が付くと、小さくいななき、心配そうに足元に倒れている人物に鼻先を寄せた。

「あああ……」

すごい血だ。

黄色い花の上に、鮮血がしずくとなって散っている。

その中心には、男の人がうつぶせで倒れていた。周りの地面は血を吸って、土の色が赤褐色に染まっている。

生きている？

近づけば、背に大きな切り傷。剣で切られたであろう傷だ。

治療テントに運ばれてくる怪我人たちに、こんなひどい怪我をした人はいなかった。

「私には無理かもしれない……完全に癒《いや》すには上級巫女でないと……ううん、出血を止めるだけでも中級巫女の力が必要だわ」

人を呼ぼう。いや、呼びに行っても、テントには下級巫女しかいない。中級巫女が来るまでに、この傷じゃ……

「大丈夫ですか？」

すくむ足。

目の前で人が死ぬかもしれない。

もう、嫌だ！　幼いころの思い出が脳裏をかすめる。

あの日、突然、生まれ育った村を病《やまい》が襲った。

次々に死んでいく人たち。なすすべもなく、ただ、命が尽きていく人たちを見送ったあの時……人々があっという間に、倒れていった。巫女のいない村。巫女に助けを求める、そんな時間もなく……次々と息を引き取っていく村人たち。冷たくなっていく……。助けを求めに行くと出立の準備をしていた父も、村人を看病していた母も、母が看病していた隣の家のおばさんもおじさんも、仲が良かった幼馴染《おさななじみ》の子も……。あの、人の冷たさは忘れられない。

ぎゅっとこぶしを握り締める。

違う、今の私は幼い子供じゃない。何もできなかった子供じゃない。

私は巫女だ。癒《いや》しの力のある巫女。

倒れている男の人に再度声をかけても返事はない。

そっと男の人の鼻の下に指を持っていく。……呼吸は、ある。まだ、生きてる。

「止まれ……」

私の力ではどこまで癒《いや》せるのか分からない。だけれど、せめて血を止めることができれば……

巫女の力が上がっているという自覚はある。もしかしたら中級巫女レベルになったかもしれないと思ったのは私じゃないか。

バクバクと高鳴る心臓。落ち着こう。

手を傷の上にかざし、目をつむる。集中するんだ。体の中をめぐる魔力。ああ、温かくなってきた。神様、どうか、癒《いや》しの力としてこの魔力を彼に……！

「【癒《いや》し】」

頭の中がふわりと浮くような感じ。

何、これ、初めての感じだ。ああ、貧血のようなこの感じ……。神様、私の血が彼の癒《いや》しになるなら……

お願い、血よ止まれ。傷口よふさがれ。

死なないで！　生きて！

――どれくらいそうしていただろう。

「巫女……？」

小さな声に、はっと目を開ける。

「背中の傷が、ふさがっている……。君が……？」

倒れていた男の人が意識を取り戻して私を見た。

「ああ、駄目だ。まだ目がかすんでいる……君は、誰だ？　ここは……治療院ではないな……」

「よかった……。あの、私では力不足です。もし、移動が可能であれば治療院に行ってすぐに中級巫女に……いえ、できれば上級巫女に治療をしてもらってください」

男の人の服装は、騎士や兵とは違うけれど、いい布を使っているのはすぐに分かった。

カフスの付いた白いブラウスに、なめし革でできたベストとベルト。それから、何か所も体に合わせて布を切り返し、動きやすいように作られた茶色のズボンとこげ茶のブーツ。色合いこそ地味で旅人っぽい服装ではあるが、明らかにお金がかかっている。きっと上級巫女に診《み》てもらうことができる身分だろう。

涼やかな目元。まだ視力が回復していないというのでぼんやりした目つきをしているけれど、美しい目だと思った。

絹糸のように艶《つや》のある金の髪。血を失いすぎて顔色は悪いけれど、もともとても綺麗な肌の色をしているように見える。高い鼻に薄い唇——どのパーツをとっても女性が喜びそうな造りをした顔だ。

そう、色男とでも言うのだろうか。人を魅了する容姿とはこういう感じなのかな。

馬が、意識の戻った男の手を遠慮気味にぺろりと舐めた。

「ああ、ルシファー、無事だったか……治療院か……しばらくすれば視力も戻るだろう。ルシファー、ひとっ走り頼むな」

「あーーーっ！」

男が、馬に話しかけた。馬の名前はルシファーというんだ。

意識もしっかりしているようなので、もう、大丈夫そうです。

ほっとした私は、ふと視線を自分の足元に落として悲鳴をあげる。

「ん？　どうした？」

「どうしよう……ワンピースが血まみれに……」

ユーナにもらった黄色のワンピースが、地面に広がっていた男の人の血を吸ってひどい状態になっていた。

「ああ、すまない。私のせいだな。弁償しよう……」

男の人が、ゆっくりと上体を起こす。

「ああ、駄目です、まだ体を起こしてはっ！」

たくさんの血を流したのだ。貧血しか私は経験したことがないけれど、それですら立ち上がるのは大変だった。

ふらっと男の人の上体が倒れかかる。

「危ないっ！」

とっさに手を出して、倒れそうな男の人を体で支える。

「すまない……」

「いいえ。まだしばらく横になっていたほうが……」

「私を抱き留めたせいで、さらに服に血が付いたんじゃないか？」

え？　あ、確かに……。裾だけでなく、上半身にも血が付いてしまっている。

「それから、もう一つすまない。すぐに弁償したいが、どうやら金を奪われてしまったらしい」

「盗賊？」

金を奪われた？　盗賊に襲われたってことかな？

「……今度会った時でいいか？」

私は、いらない、と小さく首を振る。ああ、彼はまだ目がぼやけていると言っていた。ちゃんと言葉にしないと。

「いえ、弁償はいいんです」

「では、代わりに何かお礼をしないと……」

お礼？　傷を癒《いや》したお礼っていうことだろうか？

「いいえ、お礼なんて必要ありません」

なぜか、男の人は、ちょっと苦虫を噛みつぶしたような顔をした。お礼を断っただけなのにどうして？

「では、お礼の〝代わり〟に何を要求するつもりかな？　命を助ければ〝望み〟が叶うとでも？」

はい？　何を言っているのでしょう。ずいぶん言葉に棘《とげ》もある。

「何も要求はしません。私は巫女です。目の前に傷ついている人がいれば、癒《いや》すのが仕事です」

「巫女の仕事……？」

男の人が私の言葉をオウム返しする。

「それに、私の望みはもう叶いました」

「は？」

男の人がびっくりした顔をした。うん、イケメンって無表情なイメージがあったけれど、いろいろな表情するんだなぁなんて、新しい発見をしてちょっと楽しくなった。氷の将軍なんて呼ばれている人もかっこいいって噂ですが、氷のように冷たく無表情なんだろうか？　顔を見たことがないから分かんないけど。

「私、あなたを助けられないかもしれないって思って怖かった。ここには他に人がいないから……。私の力であなたを癒《いや》せてよかった」

男の人の肩が震えた。表情が少し柔らかくなった気がする。だけれど、何かを警戒するような緊張感は持ったままだ。

「君の望みは、何？」

私の望み。

「一人でも多くの人を救いたい。今、あなたを救うことができたので、私の望みは叶いました。あなたが死ななくてよかった」

死ななくてよかった。

その言葉を口にした時、ほっとしてちょっと声が震えた。本当によかった。今頃怖さが押し寄せてきた。私の力が足りなかったら……死んでいたんだ。

「死ななくてよかったと……それが本心なのか……」

ようやく男の人の緊張が解けた。もしかしたら、やっと命が助かったと安心したのかもしれない。

「ああ、私は……君のような巫女を知っている……。顔を、見せてほしい」

え？　私のような巫女を知っている？

知り合いに、あなたのようなイケメンはいなかったと思うんだけど？

「ああ、見えない。まだ目が。ぼんやりと……春の色の……綺麗な……」

男の人の手が私のほうへ伸びてきた。指先が小刻みに震えている。

「大丈夫ですか？」

震える手をそっと取って両手で包み込む。

「綺麗な服に、血の色が……私に、弁償をさせてほしい。私は、君に……」

あれほど血を流したのだ。傷はふさがり血が止まったといっても、まだいろいろと無理ができるような状態じゃないはず。それなのに私の服の心配をするなんて。

「大丈夫です。もともとこのワンピースは、着る機会がもうないと思うので……ただ、その……このワンピースをくれた人がこれを見たら悲しむかなと……」

あ、しまった。余計に気を遣わせちゃう。

男の人の手がぴくりと小さく動いた。

「すまない……。大切な人からの贈り物だったのか……。それを……ルシファー、私のマントを」

男の人が馬に話しかけると、馬が黒いマントを口にくわえて男の人に渡した。

言葉が分かるの？　なんて賢い馬。

「これを使ってくれ。これで全身覆えば、服についた血は見られないで済むんじゃないかな？」

男の人がマントを私に差し出す。

「ありがとうございます。少しお借りしますね。あの、じゃあ、ちょっと急いで着替えてきます。すぐに洗えばシミにならないかもしれないですし……」

男の人からマントを受け取り羽織ると、足元までしっかりあった。

ああ、背が高い人なんだな、と思いながら森を後にする。

そうだ、私、ユーナに花を渡そうと森に来たんだった。けれど花を摘むのは後ね。

まずは、急いで着替えて、彼に何か口に入れる物を持ってきてあげよう。その時にマントも返せばいいわよね。

しばらく歩くと、駐屯地のテントが目に入る。巫女のテントは前線から一番離れた場所に配置されているので、そちらに向かおうとすると……

「おい、お前、何者だ！」

兵の一人が私を呼び止めた。

振り返れば、兵ではなくこの駐屯地をまとめる総隊長のガルンだった。

「ガルン隊長、またこんなに打撲を……」

むき出しになっている両腕に、何か所か赤い腫《は》れが見て取れる。

隊員の訓練をするのはいいけれど、怪我をしないようにできないのかしら。思わずいつものように説教しそうになって、今はそんな場合ではないと思い出す。

すっとマントから手を出して、腫《は》れているところに癒《いや》しを施《ほどこ》す。

「【癒《いや》し】」

「ん？　お前、新しい巫女か？　その、聞いてないが……」

ガルン隊長が首を傾げた。

新しい巫女？　違うけれど。朝も会ったハナですけど？　ああ、治療服着てないや。いつもの服を着てないだけで誰か分からないとか、ガルン隊長らしいというかなんというか。

ぼやーとし始めたガルン隊長に首を横に振って、私はさっさとテントに向かう。

マントを外し血まみれのワンピースを脱ぐ。それから、いつものこげ茶の治療服を身に着ける。

「あ……」

ワンピースを脱ぐ時に手や顔に血が付いてしまった。

洗面桶に水を汲み、顔と手を洗い、鏡で確かめる。

「せっかくユーナにしてもらった化粧も落ちちゃったわね……」

鏡に映っているのは、病的に白い不気味な顔。こんな顔じゃあ、治療している私のほうがよっぽど病人みたい。そんなことを思いながら、いつものように髪をまとめ、眼鏡とマスクをする。

それから籠《かご》にワンピースを入れ、その上にマントをかぶせて持つと、水とパンも持ってテントを出た。

「おい、ハナ」

テントを出るとガルン隊長がいた。

「人を見なかったか？　その、なんか、知らない顔だ」

知らない顔？　もしかして、あの怪我で倒れていた男の人のことかな？

そういえば、なんでこんな場所に？　使者か何かで、ここへ向かっている途中で盗賊に襲われたってことかな？　あれ？　待って、盗賊に襲われたってことは……

「あの、ガルン隊長、近くに盗賊が出たって話は？」

「ああ、そういえば目撃情報があって、今第二部隊が討伐に出たぞ？」

そうなんだ。すでに対策が立てられているなら大丈夫だよね。

「隊長！　来てください」

「ん？　ああ。ハナ、話の途中ですまない。仕事だ」

ガルン隊長は部下に呼ばれて去っていった。

ああ、急がなくちゃ。

森に入り、花畑に行く前に川に寄る。

ユーナからもらった黄色のワンピースを必死に洗う。……駄目だ。やっぱり綺麗には落ちない。

ごめんね、ユーナ。

落ち込む足取りで花畑に着く。

あれ？　男の人が倒れていた場所には、すでに人の姿も馬の姿もなかった。

血が染みていた地面には土がかぶせられている。

「いない……」

マント、返せない。どうしよう？

でも、馬もいないっていうことは、どこかへ移動したってことで。

「地面に土をかぶせていくことができるくらい、回復したんだよね？　視力も戻ったのかな。よかった。もう大丈夫そうね……。よかった……」

人が死ぬところなんて見たくない。もう、これ以上、誰も失いたくない。

だから、私は、巫女の力で一人でも多くの人を救いたいんだ。

巫女の力を失わないためにも、私は……行き遅れの巫女でいい。

次代の巫女を生むことよりも、自分が巫女でい続けたい……

さてと。仕事に戻ろう。

第一治療テントの担当患者十人に癒《いや》しを与える。

病人が六人。完治まで四、五日かかる病気が、下級巫女が癒《いや》すと二、三日で回復するようになる。全力で癒《いや》さず、二、三日かかるように、癒《いや》しの量を調整する。全力を出して癒すと、一瞬で回復するため、

「おい、おまえ、仮病じゃなかったのか？　仕事に戻るぞ！」

となる。連れて行かれた兵の悲壮感漂《ただよ》う顔を見てから、全力で病気を癒《いや》すのはやめた。

テントで治療を受けている二、三日というのは、彼らにとって貴重な休みでもあるんだろう。発熱時や痛みの一番辛いところだけ、癒《いや》しで楽にしてあげる。それくらいがちょうどいい。

怪我人は四人。全員骨折だ。これも、癒《いや》しすぎないようにする。

下級巫女なら、痛みを感じなくなるようにするだけなのだけど、たぶん今の私は、骨折も治せると思う。でも、骨折は時間をかけて治したほうが骨が強くなるみたいで、一日で直した人がまたすぐに同じ箇所を骨折してテントに運ばれてきてからは、ゆっくり治すようにしている。

……まぁ、骨折なのかどうかの判断は専門家じゃないので、たぶん……だけど。

さて、終了。次にユーナ担当だった第二治療テント。第二テントは主に切り傷の治療を行う場所だ。

「うげ、なんで行き遅れ巫女が？」

テントに顔を出した途端に、兵の一人が顔をしかめた。ぴーちくトリオの一人だ。

「マジか！　なんで、ユーナちゃんは？」

もう一人が残念そうな声を出す。

切り傷の場合、癒《いや》し魔法の他に、包帯を変えたり消毒したりと、手当ても行うんだけど……

「安心してください。私は、この道八年のベテランですから。腕は確かです」

行き遅れと言ったぴーちく一号の腕を取り、包帯を巻かれた箇所をぺちんと叩く。

「いてっ……って、痛くない？」

手が触れる瞬間癒《いや》し魔法をかけたから、当然です。

私は巻かれていた包帯を取って、傷のあったであろう場所を見る。

「すっかり治っているようですね。じゃ、訓練に戻ってください」

にこっと笑ってひらひらと手を振る。

「え？　あれ？　まだあと三日くらいはかかりそうだと……ってことは、もうあの地獄の訓練に？」

「さて、次に行き遅れの治療を受けたいのはどなた？　あ、そうそう、ユーナちゃんはここを卒業します。代わりの人が来るまで、大ベテランの私が担当しますので。さあ、一日も早く訓練に復帰したい人は他にいませんか？」

別に、行き遅れ巫女だと嫌な顔をされたから怒っているわけではない。

若くてかわいい子に手当てをしてもらいたいという気持ちも分からなくはないし。

ただ、治療を受けられるということに対して、感謝の気持ちがないどころか、治療する人をえり好みし、不満を漏らすことが気に入らないのだ。

……治療が受けられずに命を落とす人がいるなんて、想像できないんだろう。きっと……

「うわー、怖い怖い。誰だよ、行き遅れ巫女怒らせたの」

「おい、お前治療してもらえよ」

「あ、包帯は自分で替えますから、はい！」

「あ、俺も。怪我してるの足だから、自分でできる！」

はい、そうですか。それは仕事が楽そうです。

「包帯を外したら新しいものに変える前に見せてください。癒《いや》しますから」

「「「はいっ」」」

皆素直に返事を返してくれる。……って、若干おびえてる？

そんな時、一人の若い兵が傷を見せに来た。左手の内側の切り傷だ。同じようなところに何か所も古傷がある。

「君、とっさの時に左手を出す癖があるみたいだね。ちょっといいかな？」

そんなに繰り返しとっさがあるとも思えないし、痛い目にあっているのに繰り返すってことは……

私は若い兵の右目を手で覆って、反対の手の指を離れた位置で見せた。

「何本か分かる？」

同じように左目を覆って簡単に視力を検査する。

「やっぱり。左右の視力が違うから距離感がつかめないのね。癒《いや》しを……」

悪いほうの目に癒《いや》しをかけ、もう一度指が何本見えるか尋ねると、今度は正しく答えた。視力が回復したようだ。

「あ？　え？　俺、目が悪かったのか？」

片方だけ視力が悪いとなかなか気が付かない。

「時々頭痛もなかった？　悪いほうの目に負担がかかると頭痛が起きることもあるそうよ？」

「確かに、あった。あれも目のせい？　ああ、すげー、なんか見え方が違う。早く練習したい」

とはいえ、見え方が変わったばかりだと日常生活でも距離感の変化があって危ないので、すぐに練習に戻ってもらうのは危険。あと二日は完治まで時間をかけよう。

傷口は少しだけよくなる程度の癒《いや》しに。

「す、すげっ！　これがベテランの実力……！　なぁ、巫女様、巫女様。俺、なんかよくこっちの足のこの辺痛くなるんだけど」

巫女様？

「歩き方に問題があるかもしれませんね。重たい荷物をいつも同じほうの手で持ち歩いたりしてませんか？　もしそうなら、時々左右を入れ替えたほうがいいですよ」

「すげー！　確かに！　俺、補給訓練の時、いつも左肩に担《かつ》いでるわ。先輩が左右に分けて担《かつ》いでいるのはバランスを取るためだけじゃなかったのか……！」

「なー、巫女様、俺、俺も教えてくれっ！」

うーん。基本、病人じゃなくて怪我人だからか、第二治療テントの人は元気ですね。

と思っていたら、テントの外からも元気な女性の声が聞こえてきた。

「あら、巫女様なんて呼ばせるなんて、さすがですわね、ハナ先輩」

「そりゃ、女王様になった気分が味わえるんなら、なかなか巫女を辞めたいと思わないかもしれませんわね？」

は？　女王様？

テントの入り口を見れば、二人の少女が立っていた。

一人は、燃えるような鮮やかな赤毛を持つ、十八歳のマリーゼ。第四治療テントの下級巫女だ。

もう一人は、マリーゼの従妹《いとこ》だという、今年配属されたばかりの十五歳の子だ。

「ですが、行き遅れなんて言われる前に辞めたほうがよかったんじゃありませんか？」

「マリーゼお姉さま、この方がハナ先輩なんですね。聞いてた通り……私もこうならないように頑張りますわ」

マリーゼは何を話したんだろう。従妹《いとこ》の顔には、ニヤニヤと馬鹿にしたような表情が浮かんでいる。

「ちやほやしてもらえるのも治療が目的ですから、ハナ先輩勘違いしないほうがよろしいですわよ。女性として認められているわけではありませんから」

「くすくす。お姉さま、女性は女性ですよ。ただ、二十二を過ぎたら恋愛対象として誰も相手にしないというだけで」

「あら、そうでしたわね。ハナ先輩は、確か……そう、二十四歳でしたか？」

棘《とげ》のある二人の言葉だけど、私は何の感情も湧かない。恋愛対象として相手にされないなんて、私は悲しいどころか、嬉しいくらいだ。だって、一生結婚しなくて済む。巫女の力を失うことはないのだもの。

「まだ、二十三歳です。ところで、二人は何しにこちらへ？」

私は全然平気なんだけど、私たちのやり取りを見ている兵たちの顔が青くなったり白くなったり忙しいので申し訳ない。

こういう女性同士のいがみ合いが、取っ組み合いのけんかにまで発展することがあるのを彼らも知っているんだろう。……実際八年の間に何度か遭遇した。誰々は私のことが好きなのよ、とか……そういうの。

「ユーナが急に辞めたから、第二テントの手伝いに回されたんですわ」

「そうです。マリーゼお姉さまは、下級巫女としては癒《いや》しの力が強いので」

ああ、そういえば、そんな噂を聞いた。

「では、お任せします」

包帯をほどいて腕を出している兵の前にマリーゼが立つ。

「【癒《いや》し】を」

傷に手をかざすと、みるみる傷口がふさがっていく。

「おお！　ふさがった！　あっという間に怪我が治っちまった！　すげー！」

ああ、確かにこれはすごい。

中級巫女レベルはありそうだ。でも、マリーゼの額《ひたい》にはすでに汗がにじみ出ている。

「次は俺！　俺も頼む！」

「きょ、今日はこれでおしまいですわ！　ほら、他の人の包帯を交換しなさい」

従妹《いとこ》に命じると、マリーゼは出て行ってしまった。

……一人の治療がやっとみたいだ。命に別状ない人たちばかりとはいえ、一人を治療しただけで他の人の治療がおろそかになってしまってはいけない。

魔力の回復は疲れを取るみたいな感じなんだよね。ちょっとした疲れなら少し休めば回復する。でも、倒れそうになるくらい魔力を使えば、一晩寝ないと魔力は回復しない。

マリーゼのあの様子じゃ、ちょっと休んだらまた癒《いや》せるって感じでもないよね……

「【癒《いや》し】を……」

残りの四人の患者に力を抑えた癒《いや》しを与える。油断すると、傷口から悪いものが入って死んでしまうこともある。下級巫女の小さな癒《いや》しでも、悪いものが入るのを防ぐことはできるのだ。

「あー、大丈夫、俺、自分で巻けるよ」

入ったばかりの従妹《いとこ》は、包帯の巻き方も知らないらしい。見習い巫女時代に何を学んだのか。

あまりにも従妹《いとこ》の手際が悪いので、つい手を出してしまった。

「まず、端はこうして、それから、巻いてある状態のまま少しずつ伸ばして、最後はこうね。きつくしすぎると血の流れが悪くなるし、緩《ゆる》くしすぎては外れてしまうので……そのあたりは、巻かれている人にきつすぎないか、緩《ゆる》すぎないか尋ねながら巻けばいいわよ」

簡単にアドバイスしながら見本を見せる。

「ふんっ。憐《あわ》れですわね？　醜女《しこめ》って」

従妹《いとこ》の口から、お礼の言葉の代わりに嘲《あざけ》りの言葉が飛び出た。

えーっと。教えてあげたのに……と、思ったのは一瞬で。私が勝手に教えたんであって、「してあげた」というのは彼女にとっては余計なお世話だったのかもしれない。

「あれ？　うまくできないですぅ」

「ほら、こうするんだよ」

「え？　こうですか？　えーっと、あれぇ？」

手取り足取り、兵たちに教えてもらって楽しそうです。はい。余計なお世話決定ですね。

第二治療テントを出て自分のテントに戻る。

あれ……？　足元がふらつく。癒《いや》し魔法を使いすぎた時に起こる魔力欠乏貧血だ。

テントに着いてすぐに寝袋に倒れ込む。最近では、十人や二十人癒《いや》したくらいでこんなふうになることはなかったんだけどな……

ああ、そうだ。森の中で倒れていた人を助けた時に、大量の魔力を使ったんだ。

あの背中の傷は、表面の皮膚を傷つけていただけではない。かなり深いところまで達していた。

幸い内臓は無事だったみたいだけれど、骨も見えていて、その一部も切れていた。よく、私、あれを癒《いや》せたなぁ……。ふふふ、必死だったから。

そんなことを考えながら、私はいつの間にか眠ってしまった。

第二章　行き遅れ巫女、町人を癒《いや》す

「ハナ先輩、起きてください。緊急招集です」

ユーナの声で目が覚めた。

ああ、昨日はあれから爆睡してしまったようだ。

「緊急招集？」

眠い目をこすり、広場へ向かった。広場には兵たちのおよそ半分と、巫女全員が集まっている。

広場の前に設置された台の上に、ガルン隊長が上った。

「昨日連絡があった。騎士に欠員が出て、補助要員を募集するらしい。騎士になれるチャンスだ」

ざわりと場が揺れる。

十歳になった女子が巫女としての才能があるか検査を受けるのと同じく、男子は十歳になると兵や騎士としての才能があるか検査を受ける。

兵になるには、才能があることその一点だけだが、騎士ともなると、才能と実力の他、家柄もしくは手柄が必要となるのだ。

「採用試験を受けることができる者は、二十三歳までで各隊、三番までのナンバーズ。家柄は問わない」

ざわざわとさらに人の声が大きくなった。

「あー、駄目だ。三番までかよー」

「そうだよな、簡単に騎士になれるわけない」

「お前、受験資格ありじゃん。受けろよ！」

剣、弓、槍、それぞれには優秀な順に番号が振られている。一番弓、二番弓……と呼ばれ、十番までがナンバーズと称されていた。それ以降はナンバーなし。数字が小さくなるほど優秀で、給料も高くなるため、皆ナンバーズを目指す。

五千人いる兵は、百人ずつ五十隊に分かれている。五十隊で剣、弓、槍——それぞれ三番までのナンバーズは、合計四百五十名いる。だが、ベテランがほとんどだ。二十三歳までの若手で三番までというと……

「該当者は四十八名。騎士になれば給料は上がるが責任も増える。そして、勤務地は選べない。王都とは限らず、どこへ派遣されるかは分からない。それから……中途採用される騎士への待遇は、あまり期待するな」

騎士は勤務地を選べない？　ガルン隊長ほどの実力があってもってこと？　——もしかして、この駐屯地の総隊長として左遷されたって噂、本当なのかな？

「希望者は明日までに私に言うように。それから、巫女も二人同行してもらう。自薦他薦《じせんたせん》は問わない。誰が行く？」

急に話が巫女に振られた。

「えー、行き先は王都だよね？　王都、行ってみたい」

「でも同行って、王都まで馬車で移動するの？　何日かかるのかな？　大変そう」

「各隊の三番までと言ったらエリートだよ。エリートと仲良くなるチャンスだ」

「それどころか、将来の騎士様だったりするかも」

「私、行こうかな」

「ねぇ、一緒に行こうよっ」

と、巫女たちが色めきたつ中、いち早く手を挙げたのはユーナだった。

「はいっ、ガルン隊長っ！」

「なんだ、君は確か昨日……巫女を辞した……」

「はい。ユーナです。ハナ先輩を、ハナ先輩を連れて行ってくださいっ！　ハナ先輩はとても優秀です。それに、その……もう、そんなにチャンスが……」

え？　わ、私？　チャンスって、何の！

「ハナ先輩、王都で行われる騎士の採用試験には、きっと氷の将軍もいらっしゃるはずです！」

こ、氷の将軍？

「だから、行くべきです！」

え？　えええ？　なんで、氷の将軍がいると、私が行くべきなの？

「ははははっ。確かに、行き遅れだもんなぁ。チャンス欲しいよなぁ」

「いい後輩持ったな。ははは。後輩としても先に行くだけじゃ後ろめたいか」

どっと兵たちから笑いが起きる。

「馬鹿じゃない。氷の将軍とお近づきになんてなれるはずないじゃないっ」

「みっともない。必死すぎ」

巫女たちからはそんな冷たい声があがる。

ああ、そうか！　そういえば私、氷の将軍に片思いしているってことになってたんだ。

ち、違う、別に、氷の将軍なんてただの言い訳に使っただけで……

そんなことを考えていると、昨日第二治療テントで癒《いや》した兵が声をあげた。

「あのっ、巫女様は、本当に優秀です。俺の傷を見ただけで、目が悪いことまで気が付いて、治してくれたっ！」

え？

「わ、私もハナ先輩がいいと思います。包帯の巻き方も上手ですし、それから、癒《いや》しだけじゃなくて、体を温めて頭を冷やすといいとか……いろいろ教えてくれます」

巫女の一人もおずおずと声をあげた。いや、あの……。なんだか、私を行かせようっていう勢力が。……いや、いいです。行かないです。氷の将軍の話は嘘だし。

「まぁ、そうだな。俺にもものおじせずに、ちゃんと休めと言うような奴は他にはいないし」

ガルン隊長まで何納得したように、首を縦に振っているんですかっ！

やだ、ちょっと、私、別に王都なんて行きたくないいんだけどっ！

「他にもう一人。希望者はいないか」

すっと美しい所作で手が挙がった。マリーゼだ。

え、待って、ちょっと、マリーゼと一緒に……？　王都まで半月一緒？　あ、往復すると一か月。

滞在期間を含めると……結構あるな。

マリーゼって、私を目の敵《かたき》にしてるし、旅の行程を想像するとちょっと、大変そうなんだけど。

私、希望してないから、誰か別の人……そうだ、マリーゼの従妹《いとこ》とか推薦してみよう。きょろきょろと従妹《いとこ》の姿を探すと、ユーナと目が合った。

「よかったですね、ハナ先輩！　氷の将軍はきっと騎士採用試験に来るはずだから……あのワンピース着て、ちゃんと化粧して眼鏡とマスクは外して行ってくださいね！」

ユーナの目がキラキラしている。

ごめん……あのワンピース、もう血のシミだらけで……と、言えるわけもなく。

「分かった。ありがとう、ユーナも……幸せにね！」

あああ、王都に行きたくないって言えなかったよぉ。

「マーティー、お前はどうするんだ？　騎士の採用試験受けに行くのか？」

え？　マーティー？

振り返ると、マーティーが同じ年くらいの兵たちに囲まれて、背中や肩をポンポン叩かれていた。

「いや、騎士になるより兵として出世したい」

「お前、この間三番槍になったもんな。一番槍になって、ゆくゆくは隊長になりたいって言ってるけど、騎士になれるチャンスだってそうないぞ？」

あら、あら、あら！

「マーティー、頑張ったのね！　この若さで三番槍なんてすごいじゃないっ！　毎日豆をつぶして練習していたかいがあったわね！」

思わず嬉しくなってマーティーの手を取る。

すると、マーティーが慌てて私の手を振り払った。

「う、うわぁっっ」

「おい、マーティー、いくら行き遅れ巫女に手を取られたからって失礼だぞ」

一人の兵がマーティーの耳のそばで小さくお説教。

「いや、違う、え、あれ？　もしかして、昨日の……あ、あ……」

ああ、昨日のこと、ちょっとすねてるのかな。めちゃくちゃ動揺してるように見える。

「ごめんなさいね。マーティーが三番槍になってたこと知らなくて。そりゃ、三番槍になるくらいだもの。手の皮がしっかりして厚くなってるなんて当たり前よね。昨日は手のひらを確認するような真似してごめんなさい」

ぺこりと謝ると、マーティーの顔が真っ赤になっている。

え？　私、何か失敗した？　皆の前で手の豆つぶしてた過去とか言うべきじゃなかった？　重ね重ね悪いことをしてしまった……

「あの、ハ、ハナ巫女は、王都、行くんですよね？」

「そうみたい……」

思わず他人ごとのように返事をしてしまう。

「ぼ、僕、行きます！　ハナ巫女と一緒に、王都！」

「おい、お前どうしたんだよ、急に」

「行き遅れに何か弱みでも握られてるのか？」

ひそひそとマーティーの耳元でささやく兵たち。

君たち、全部聞こえてるよ。失礼な。なんで私が弱みを握って脅《おど》してるってことになるのよっ！

今言った君、入隊後すぐにお尻に木が刺さってピーピー泣いてたの、忘れてないよ？


そんなこんなで、出発の日となりました。

兵の希望者は二十名。ガルン隊長と私とマリーゼを合わせて、総勢二十三名が、三つの馬車と十の馬に分かれて移動する。

なのに、馬車の中、なんで私とマリーゼの二人っきりなんでしょう。気まずい……

単純に十三名を三つの馬車に分けたら四、五人になるはずですよね？　巫女は女性だから気を使ってくれたんだろうけど。

マリーゼのほうも気まずさを感じているのか、ずっと黙ったままだ。うーむ。いろいろ嫌味を言われるのは覚悟していたんだけどな。ちょっと拍子抜け。私は、ちらりとマリーゼの姿を横目で見る。

って、あれ？　違う？　おとなしくしてるわけじゃない？

「もしかして、馬車に酔った？」

マリーゼの顔色が青い。馬車の中は薄暗いので、気が付くのが遅れた。

「へっ、平気よ、これくらいっ！」

言葉は強気だけど、声に張りがない。強がっているのはすぐに分かる。

【癒《いや》し】

「余計なことをしないでっ！　私に恩を売ってどうするつもりっ！」

あ、声に張りが出た。よかった。癒《いや》しは乗り物酔いにも効果があるんだね。

「な、なんで笑ってるのよっ！」

強い口調で問われて素直に答える。

「癒《いや》しが乗り物酔いにも効果があるって分かったから。また、気分が悪くなったら言ってね」

「だっ、誰が！　大体、乗り物酔いくらいで癒《いや》しを使うなんて何を考えているのよっ！」

え？　何を考えているのかって……乗り物酔いだって苦しいから、楽になればと思って。

「お礼なんて言わないからね！」

お礼を言われようとして癒《いや》したわけじゃないけれど……なんでそこまで怒っているんだろう。

「それから、もう二度と勝手に私に癒《いや》しを使わないで！」

そう言ってマリーゼは、プイッとそっぽを向いてしまった。

うーん。さらに気まずくなってしまったけれど……仕方がない。することがないから、寝ようかな。馬車の中って会話を絶たれたら何もすることがないんだよね。外の景色と言っても森の中を進むだけなので、代わり映えしないし。

ぼんやりと景色を見ているうちに、眠ってしまったようだ。どれくらい寝たかな。馬車に乗りっぱなしだと時間の感覚が狂う。

目を開けると、向かい側の席でマリーゼが私を睨んでいた。まだ、怒ってる？

顔色は大丈夫そうでよかった。

それにしても、マリーゼはなんでそんなに私を目の敵《かたき》にするんだろう。

「顔……」

はい？　私の顔がどうしたって？　あ、眼鏡とマスク外して寝てたから。顔が白すぎて薄暗い中では怖かったとか？

「なんで、隠してるのよ……」

マリーゼが何か言っているけど、よく聞こえない。なんで隠さないのよって言ったのかな？

「醜女《しこめ》とか言われてるのに……どうして……」

醜女《しこめ》って言ったよね。はい。ごめんね。今度から寝る時も眼鏡とマスクをなるべくするように努力するね。

「信じられない……その顔ならいくらだって、行き遅れることなんて……」

まだぶつぶつ言ってる。いや、そんなに怖かった？　もしかして薄目開けて寝てたりしたのかな？　慌てて眼鏡とマスクを装着。

うーん、まだ円滑な会話とか無理そうなので、寝ましょう。……もう眠くないけど、寝たふりしよう。あ、今度はちゃんとマスクと眼鏡したまま寝ますよ。おやすみなさい。

馬車が止まった。今日の目的地に着いたらしい。

馬車のドアを開けて降りようとしたところ、外側からドアを押さえられた。

「待て、町の様子が変だ。巫女はここで待機。お前たち二人は役人のところへ、お前たち二人は神殿へ。他の者は警戒」

ガルン隊長の声が険しい。

町の様子がおかしい？

「騎士様、騎士様お願いがございますっ」

年老いた男の声が聞こえた。騎士様と呼ばれたのはガルン隊長のようだ。

「どうした？」

「巫女様のお力をお貸しください。兵の駐屯地には巫女様が何名もいらっしゃるとお聞きいたしました。どうぞ、この町に巫女様をお貸しください」

巫女って聞こえた。マリーゼも話を聞いていたのか視線が合う。

「町の神殿に巫女がいるだろう？　中級巫女が。駐屯地にいるのは下級巫女ばかりだ。神殿の巫女よりも力が弱い者ばかりだぞ？」

そう。町の神殿に併設されている治療院には、十五歳から十七歳の中級巫女が勤めているはずだ。

中級巫女は、十五歳から十七歳までは自分の意思とは関係なくどこかの町の治療院で働く義務がある。国から派遣されるため、どんな田舎《いなか》であろうと「町」と呼ばれる場所には中級巫女がいるはずなのだ。

義務期間が終わった中級巫女は、希望を出せば勤務地の移動が可能だ。ほとんどが、小さな町から大きな町への移動を希望する。大きな町には大商人や領主に連《つら》なる者など、裕福な人が多い。中級巫女ともなれば貧しい農民の娘だろうが、孤児だろうが、裕福な家に嫁ぐことができる。出会いの多い町へと移っていくのは仕方がないだろう。

「巫女様は……巫女であった私の妻は……亡くなりました」

老人の声が震えている。

「どういうことだ？」

老人の妻が巫女？

待って、まさか若い子を娶《めと》ったということ？　さすがに年が離れすぎているんでは……？

「妻は子供に恵まれなかったため、中級巫女としてずっと働き続けていました」

え？　ずっと働き続けていた？　中級巫女として？

婚姻の誓いを立てたけれど、形だけの夫婦だったということ？

「数日前から、町の者が高熱でバタバタと倒れ始め、妻は必死に癒《いや》しを施《ほどこ》したのですが……とても癒《いや》しが追いつかず、それどころか、妻もその病《やまい》で……」

まさか、はやり病《やまい》？

「すぐに町から距離を取れ。我々が病気を運んで広めることだけは、あってはならない」

ガルン隊長の言葉で、馬車が動き出した。

「待ってください、体力のない者たちは命の危険が……どうか、巫女様にお力を……下級巫女様のお力を……妻の、皆を助けたいという意志を」

老人の訴えに対するガルン隊長の返事は聞こえない。

馬車が距離を取り出したからだ。

もし、私たちが病《やまい》をもらってしまえば、確かに次の町に、そして王都に病《やまい》を運んでしまう危険がある。だからこそ、病《やまい》をもらう危険がある町に入るわけにはいかない。

分かる。分かるけれど……

私はドアを開き、動き始めた馬車から飛び降りた。

「ハナ先輩、何をっ！」

痛い。ちょっと足くじいたかも。

「ガルン隊長、私、ちょっと癒《いや》してきますっ！」

「馬鹿、待て、ハナ！　何を勝手な！」

ガルン隊長の腕が私の手首をつかむ。

「この町は、まだ駐屯地からそんなに離れていませんよね？　誰かが馬で駆けて駐屯地に向かえば、他の巫女をすぐに連れてこられますよね？　私はこの町に置いて行ってもらって構わないので、王都へは別の巫女を連れて行ってください」

ギッと、ガルン隊長の顔を睨みつける。とはいえ、眼鏡越しなのでまったく睨んでいることが伝わらないようだ。だって、ガルン隊長の顔は笑っているんだから。

頭をゴリゴリとかいて、はーっと息を吐き出す。

「まぁ、そうだな。ハナは言うことなんて聞くタイプじゃないし、止めたって無駄なんだよな。行ってこい。どちらにしても、町に様子を見に行かせた者が発症しないか数日様子を見てからでないと、俺らもここを動けないからな」

ガルン隊長の言葉を聞いて、老人に目を向けた。白と水色のローブのようなものを身に着けているのを見て、ようやく声の主が神父だということに気が付いた。

「神父様、私、巫女です。患者さんはどこにいますか？　下級なので、たくさんの人は診《み》られないかもしれないのですが……ひとまず重症の人から診《み》ます」

年老いた神父様の手を取る。

「ああ、ありがとう。これ以上病《やまい》が広がらないように、熱が出た人間はすべて神殿にいるんだ」

私は、神父様に案内されて神殿へと向かった。


「あ……」

町に着いて、神殿を見た瞬間思わず声が出る。

神殿にいるという言葉は、神殿に併設されている治療院の中にいるという意味ではなかった。治療院の中に入りきらない患者たちが、神殿の周りの地面に横たわったり座り込んだりしている。すごい数だ。苦しそうな息をしている者も多い。

「重症患者は中にいます」

神父様の言葉にはっとする。

こんなに苦しそうにしていても、重症ではない？

神殿の中に入ると、ぞっとした。小さな子供たちが泣き声もあげずに母親に抱かれている。

死……という言葉がまず浮かんだ。一番顔色の悪い一歳くらいの子供に近づき手をかざす。

「【癒《いや》し】を」

どれくらい癒《いや》せばいいのか。思い切り癒《いや》してあげたいのはやまやまだけれど、すごい数の患者がいる。無理だ。子供の顔色が、少しだけよくなる。でも呼吸は荒く、額《ひたい》に手を当てると熱がまだ高い。

「ハナ先輩、それだけしか癒《いや》してあげられないの？　どいてっ！」

マリーゼの手が、私の肩を乱暴に引く。いつの間にマリーゼも来たの？

「【癒《いや》し】」

マリーゼの手が、子供に癒《いや》しを施《ほどこ》していく。しばらくして、意識のなかった子供が目を開いた。

「あー」

そして、小さな手を母親に伸ばす。

「ああ、ありがとうございます！　巫女様！」

母親が涙を流しているのが目に映る。

「巫女様、お願いします、私の子もっ」

すぐにマリーゼのもとへ、二歳くらいの子供を抱いた母親が寄ってきた。

「【癒《いや》し】を」

マリーゼがその子にも癒《いや》しを施《ほどこ》す。すると、途中でマリーゼの額《ひたい》から激しく汗が噴き出し、子供の顔色がよくなってきたころに意識を失った。

「巫女様、巫女様！」

マリーゼの能力は確かに中級巫女に匹敵《ひってき》するほどある。だけれど、やっぱり下級巫女なのだ。魔力が圧倒的に足りない。完治するまで癒《いや》しを行っていたのでは持たないのだ。

「【癒《いや》し】」

癒《いや》しを施《ほどこ》すと、マリーゼはすぐに意識を取り戻した。

「マリーゼ。もう少しセーブして力を使いなさい。生死の境《さかい》を越えれば、後は自然治癒で頑張ってもらうようにして。そうしてより多くの人の命を――」

そこまで言うと、マリーゼは私の胸を思いっきりどついた。

「あっ」

そのまま後ろに倒れてしりもちをつく。

怒っている？　マリーゼは、なぜ怒っているの？

「何してるんですか、ハナ先輩……なんで、私に癒《いや》しなんて……無駄に力を使ってるんですかっ、馬車でも酔うくらいどうってことないのに……。こうして死にそうな人が目の前にいるのに、その人のために力を使うのが、私たち巫女でしょう？　なぜ、無駄に力を……」

ああ、そうか。

「マリーゼ……あなた……」

怒っていたのは、私が力を無駄に使っていると思ったからなの？

その根底には、魔力が切れたら助けられるはずの人を助けられないかもしれないという思いがあるから……？

私はこの八年でずいぶん魔力が上がった。少し使ったくらいで魔力が枯渇《こかつ》するようなことはなくなったから、魔力切れで倒れたマリーゼを癒《いや》すことは蚊をつぶすくらい簡単な気持ちだった。けれど確かに、巫女になりたてのころは大変なことだったかもしれない。

「馬車酔いのことは配慮が足りなかったわ。ごめんなさい……。でも、今マリーゼを癒《いや》したのは無駄じゃないでしょう？　手が足りないのだから。患者たちの様子を見て、重症患者から順に癒《いや》せるようにしましょう。一分一秒を争うわ。患者を探して歩き回る時間がもったいない。マリーゼ、患者の優先順位付け――トリアージをお願い」

私の言葉に、マリーゼがはっとして神殿の中の患者たちを見た。

私はとりあえず近くにいる人で意識のない人に軽く癒《いや》しを施《ほどこ》す。

命をつなぐための癒《いや》し。すると背中からマリーゼの声が聞こえてきた。

「【癒《いや》し】」

マリーゼが癒《いや》しを？　どういうこと？　さっきマリーゼは〝魔力が切れて〟意識を失ったはず。

少なくとも数時間は、癒《いや》しが行えるだけの魔力は回復しない。今無理に癒《いや》せば、また意識を失ってしまう。

「マリーゼッ」

慌てて声をかけてマリーゼを止めに入る。

マリーゼが手をかざしていた赤ちゃんの顔色はよくなっていた。

「マリーゼ、どういうこと？　無理しすぎちゃ駄目でしょっ」

強い口調で言ってはみたものの、気持ちは痛いほど分かる。

助けたい！　という心の叫びが冷静さを失わせるのだ。

「なんだか、魔力が回復した気がして……」

マリーゼが驚いたような目で自分の手を見つめている。それから、はっとした表情で私を見た。

「さっき、ハナ先輩に癒《いや》してもらったから、魔力も回復したとか？」

マリーゼの言葉に、まさかと小さくつぶやきを返す。

私が、マリーゼを癒《いや》した時に、マリーゼの魔力までも回復した？

「次、癒《いや》します。症状の重い人から来てください」

次の患者に癒《いや》しを施《ほどこ》すマリーゼの額《ひたい》には、すぐに玉のような汗が浮かんだ。

マリーゼの魔力では二人を癒《いや》すのが限界のようで、また意識を失いそうになっている。

「【癒《いや》し】を」

マリーゼに癒《いや》しを施《ほどこ》す。今度はマリーゼも怒らずに、私の顔を見て小さく頷き、そしてすぐに次の患者を癒《いや》し始めた。

「巫女に癒《いや》しを施《ほどこ》すと、魔力まで回復する……の？」

ああ、考えるのは後。マリーゼは、また完治させようと全力で癒《いや》しを行っている。すぐに魔力が切れそうだ。

まったく、聞いてないね。全力で完治させずに、セーブして多くの人を癒《いや》すようにって私の言葉。

うん、でも、悪くない。全力で必死に、一人でも多くの人を癒《いや》したいって気持ちも……そして。

「【癒《いや》し】」

苦しそうなマリーゼに癒《いや》しを施《ほどこ》す。

「あなたに全部任せるわ」

「ハナ先輩？」

「患者を癒《いや》すよりも、マリーゼを癒《いや》すほうが消費魔力が少ない」

私の言葉に、マリーゼがはっとする。

少ない魔力で私がマリーゼを癒《いや》す。癒《いや》されたマリーゼが患者を癒《いや》す。このほうが、私が直接患者を癒《いや》していくよりもたくさんの人を癒《いや》せそうなのだ。

「ふんっ。ハナ先輩より、私の能力のほうが優れていますからね！　ハナ先輩は私のように病気を完治させられないんでしょう？　分かりました。私を癒《いや》し続けてくださいっ！」

……えーっと、ちょっと勘違いされた気がしないでもないけれど。まぁいい。

そのまま二人セットで治療を続けると、なんとあれほどいた患者たちは一人もいなくなった。

「ああ、やったわ！　ハナ先輩、これで最後ですっ！」

「本当、マリーゼよく頑張ったわね！　【癒《いや》し】」

最後の患者が元気になったのを見て、二人で抱き合った。

「まさか、全員を癒《いや》してもらえるとは……ありがとうございます。これで、亡くなった妻も安心して天に昇っていけることでしょう」

神父様が泣き出した。

「神父様、あの、亡くなった奥様は？」

「こちらです」

案内されると、神殿の裏にある小屋に横たえられていた。

中級巫女の衣装を身に着けた老婆。

「シャナ。町の人たちは助かったよ。若い巫女様が助けてくれたんじゃ」

愛おしそうにシャナ巫女の亡骸《なきがら》を見つめる神父様。

結婚しても、死ぬまで巫女を続けたシャナさん……。そういう生き方もあるんだ。

巫女の能力って、結婚したから失うとは限らないんだ。神父様は子供を生まなかったからって言ってたけど。子供を生まなければ失わないの？　キスしたら失うんじゃなかったっけ？

いや、今はそんなことを考えている場合じゃない。

「神父様が必死に隊長に掛け合ったから皆が助かったんです。どうぞ、ゆっくり休んでください。【癒《いや》し】」

神父様に癒《いや》しの魔法をかけると、マリーゼが私を少し睨んだ。

うん。今みたいな、生死にかかわらない癒《いや》しは控えるべき、でしたね。はい。魔力節約大切。

それはそれとして……

「「ありがとう」」

私とマリーゼの言葉がかぶった。

「な、なんでハナ先輩が……わ、私、馬車酔いとか癒《いや》してもらったし、今も……巫女が万全の力を出せるように体調を整えないといけないって、ハナ先輩はだから私を癒《いや》してくれたのに、分からなくて……」

あれ？ ちょっと違うけど。単にマリーゼが苦しそうだから楽にしてあげたかっただけで……。勘違いされてる？

「私のほうこそ、マリーゼが皆を完治して気が付いたの。皆が完治すれば病《やまい》はそれ以上広がらない。症状を和《やわ》らげたとしても、その人を看病する人がまた病《やまい》に倒れるかもしれない。町を訪ねてきた行商人が次の町に広げてしまうかもしれない……。完治させることが、病《やまい》の広がりを抑える一番の方法だと、気が付かせてくれてありがとう」

ぺこりとマリーゼに頭を下げる。

「わ、私は……ハナ先輩がいなければ、二人か三人の治療をするのが精いっぱいで……ハナ先輩がいたから……いたから……」

マリーゼの顔が泣きそうなほどゆがむ。

「みこしゃまー、ありがとうなの」

いつの間にか足元に小さな子がいた。

「ありがとうございました。巫女様のおかげで、娘は……」

小さな手が、何かを差し出している。手を伸ばして受け取ると、それはかわいらしい白い花だった。

「何もお礼はできませんが、受け取ってください」

母親の手にも白い花がのっている。

レースで編まれた、小さなかわいらしい白い花の髪飾りだ。

マリーゼは固まったまま動かない。

「ありがとう」

私は母親の手から髪飾りを受け取り、マリーゼの髪に挿《さ》す。

「みこしゃま、綺麗」

「うん、マリーゼ似合うわ」

親子が元気に手を振って去っていくと、ポロリとマリーゼの目から涙が零《こぼ》れた。

「よかった。皆助かってよかった。私、私……」

マリーゼの言葉に、頷く。本当に、よかった。

「うん。そうだね。皆助かってよかった」

自然と手が伸びて、マリーゼを抱き締めていた。ポンポンと優しくマリーゼの背中を叩く。

「はっ、そうだ！」

痛っ。

突然頭を上げるものだから、マリーゼの脳天が顎《あご》を直撃した。うごごっ。舌を噛まなくてよかった。

「ハナ先輩、どういうことですかっ！」

マリーゼの手が伸びて、私の顔から眼鏡とマスクを奪い取った。

「ど、どういうことというのは？」

マリーゼは質問には答えずに、私の手の中にある白い花の髪飾りを取った。

そして、私の髪の毛をほどき、サイドの髪をくるくると器用に巻いて髪飾りで留める。

「ちょ、マリーゼ？」

「ハナ先輩、どうして行き遅れたんですか？　こうしてちゃんとしていれば、行き遅れるようなことなかったですよね？」

……えーっと、今度は何を怒っているんだろう？

「本気で氷の将軍狙いなんですか？」

ここで、うんと頷いたら納得してもらえるだろうか？

「あー、えっと、まぁ、その……」

「だったら、全力で協力しますから。ハナ先輩」

へ？　いや、困る。まったく氷の将軍なんて狙ってないし。実は顔も知らなかったりするのに……

「あのね、癒《いや》しを魔力が尽きるまで何度も使うと、魔力が増えて、能力も向上するのは知ってるわよね？　ずいぶん町の人を癒《いや》したし、マリーゼも少し上がったんじゃない？」

話を逸らそうと別の話をする。

「ハナ先輩、話を逸らさないでくださ……あ、確かに？　なんだか前より魔力が少し増えたような……」

マリーゼの顔が嬉しそうに輝く。

「ま、まさか、ハナ先輩……魔力が増えていくのが楽しくて巫女を続けているとか？」

それもある。魔力も能力も向上したら、助けられる人が増えるから。

頷くと、マリーゼが青い顔して首をぶるぶると大きく振った。

「駄目ですからね！　ハナ先輩はもう二十四歳なんですから、いい加減腹をくくって巫女は卒業しないと、本当に行き遅れちゃいますよっ！」

「まだ二十三……」

って、あれ？　もしかして、マリーゼは私が行き遅れることを心配して怒ってるの？

「すぐに二十四です。とにかく、今すぐ、今すぐ……ガルン隊長と兵たちがいるところに行って、町の人たちの治療が終わったこと伝えてきてくださいっ！」

あ。そうだった。伝えないといけないね。

「私は神殿にいた人たちの他に病《やまい》の人がいないか、町の人に聞き取りをします」

そうそう。それも必要なことだ。

「じゃあ、マリーゼ、私ちょっと報告してくる」

町を出て、早足で進む。

……どれくらい距離を置いて兵たちは待機しているだろう。あんまり遠いと大変だなと思っていると、すぐに一人の兵の姿が見えた。

顔が見えるか見えないかという距離で声がかかる。

「すみませんお嬢さん、町から外に出るのは控えてもらえますか」

そうか。町の出入りの制限も必要なことだね。って、お嬢さんって、何を言ってるんだか。

ずんずんとそのまま歩いて兵に近づく。ようやく相手の顔が見えた。

「マーティー！」

見張りに立っていたのはマーティーだ。

「ハ、ハ、ハナ巫女っ」

驚愕の表情を浮かべるマーティー。

なんで、そんなに驚いた顔をする？　あ、そうか。行き遅れのおばちゃんに対して「お嬢さん」なんて呼びかけたからだね。……仕方ないよ。顔も分からない距離だったんだし。

「あ、あの、それは？　えっと……」

マーティーが真っ赤になって指さしたのは、女の子がくれた髪飾りだ。

ああ、そうか。こんなかわいい飾りを髪に挿《さ》していたら、若い子と勘違いしても仕方がないね。せっかくお礼にともらったものだけれど、外したほうがいいかな。

「と、とっても似合ってます」

「本当？」

お世辞かな？ と、私はマーティーの顔を覗《のぞ》き込む。

「あ、はい。えっと、き、綺麗……で」

真っ赤な顔のまま、言いにくそうに言葉を続けるマーティー。私に対して綺麗なんて単語、言いにくいだろうね。でも、わざわざ口にするってことは、嘘ってつもりじゃないのかな？

「ありがとう」

お礼を言ってから、綺麗って単に髪飾りのことかもしれないと思ったけれど、一度口にしたお礼の言葉を引っ込めるわけにもいかない。

「いえ、えっと、その……ハナ巫女は、どうしてここに？」

「神殿に集まっていた患者の治療が終わった報告を、ガルン隊長に。待機場所はまだ遠い？」

道の向こうを見ても、兵たちの姿は見えない。

「あっと、ハナ巫女が報告に？ そうすると、兵たちが、それは……嫌だな……」

ん？ 嫌？ マーティーが何やら考え込んでいる。

「僕が、ガルン隊長を呼んできます。ここで待っていてください！」

マーティーが私の返事も聞かずにビューンとすごい勢いで走り出した。そして、馬に乗って駆けていく。ああ、馬がとめてあったのか。そりゃ、私が行くより呼んできてもらったほうが早いね。

ぼんやりと空を見上げてしばらく待っていると、後ろから蹄《ひづめ》の音が聞こえてきた。

ガルン隊長かと思って振り返ると、馬上の隊長と目が合う。

「おおわぁっ！」

「ガルン隊長っ！」

どうしたことか、ガルン隊長は馬の操作をミスって落馬した。

慌てて駆け寄り、癒《いや》す。

「だ、大丈夫ですか？」

「ありがとう、大丈夫だ。ところでどうしてここに？」

は？　マーティーはガルン隊長に何も説明していない？

「報告しに来ました。神殿に集められていた病気の人の治療は完了しました。他に町の中に発症した人がいないか確認し、いた場合はすぐに治療を行います。町の人たちの話から、どうやら病《やまい》の症状が現れるまで二日。二日経過して新しく発症する人がいなければ大丈夫かと」

「報告ありがとう。二日か。では我々も二日は様子を見てから移動したほうがいいな。二日くらいの遅れなら問題ない」

ガルン隊長が即座に王都までの移動の行程を考えて判断を下す。

「ところで……その、その二日間だが……」

突然、ガルン隊長がいつものはっきりとした物言いとは違う、歯切れの悪いしゃべり方をし始めた。

「君はどこにいるのだろう？」

君？　変な呼び方をするね？

どこにいるかって、それは町か、兵の待機場所かどっちかってこと？

「隊長が望むのであれば、隊長と一緒に」

兵たちに発症者が出たら治療しなければならないし。

「そ、それは本当か？　どういう意味か聞いても？」

ガルン隊長が驚いた顔を見せる。

あれ？　驚くっていうことは、想定外の返事だった？　私の判断ミス？

「いえ、その、すみませんでした。やっぱり町にいます。えっと、そう、マーティーを連絡役につけていただければ」

町にはまだ何人か患者がいる可能性もある。兵ならばたとえ発症したとしても体力があるし、即座に命の危険があるわけじゃないだろう。だから私は町にいるべきだと、隊長は考えたんだよね？

「マーティー？　なぜ、マーティーを？」

ガルン隊長のこめかみがピクリと動く。

「今みたいに馬を走らせてすぐに連絡が取れるからですが」

「そういえば、今もあいつが知らせに来たな……分かった。マーティーを神殿に待機させよう」

「では、私は町へ戻ります」

隊長に背を向けると、手を取られた。

「送っていけなくてすまない」

「大丈夫ですよ。隊長が倒れるわけにはいかないのは分かってますから。それよりも、気を付けてください。もう落馬なんてしないようにっ！」

びしっと人差し指を立てると、ガルン隊長は恥ずかしそうに頭をかいた。


町に小走りで向かっているところで、馬に乗ったマーティーが追いついてきた。

「ハナ巫女っ！」

私の前まで来ると、マーティーが馬を降りる。そして、

「乗ってください」

と、馬に乗ることを勧められる。

「え？　馬に？　いや、乗ったことがないので……あ、でも早く町に戻らないといけないから、そんなこと言ってられないかな」

「あの、乗ったことがないなら、えっと、失礼しますっ」

マーティーが突然、私を抱き上げた。

すごい力。そのまま腕を伸ばして私を馬の背に乗せ、すぐにマーティーがその後ろにまたがる。

そして右手で私を支え、左手で手綱《たづな》を握った。

私はマーティーの前に横座りで馬に乗った状態だ。スカートなのでまたがるわけにはいかない。

「あの、大丈夫ですか？　怖かったら目をつむっていても構わないんで」

ん？　怖い？　顔を上げると、わずか二十センチの距離にマーティーの顔がある。

近い。マーティーの頭が後ろに反る。あ、ごめんなさい。

慌てて顔の向きを変えると、地面が見えた。

「高っ」

馬上から見下ろす地面は、想像していたよりも遠くて、怖い。

思わず、マーティーの体に両手を回してぎゅっと抱き着く。

「ハ、ハ、ハナ巫女、えっと、その、動いても、大丈夫、ですか？」

動く？

「た、たぶん」

そう答えたものの、声がちょっと震えてしまった。

「僕が、巫女を守ります」

マーティーの右手に力が入った。それと同時に馬が動き出す。ぽっくりぽっくり。

「大丈夫ですか？」

耳のすぐ横で聞こえてくるマーティーの声に、小さく頷く。

「もう少しスピードを上げても、平気ですか？」

「……マーティーのこと、信じます」

馬から落としたりしないと信じよう。怖いのは、落ちるかもしれないから。

でも、マーティーは、頑張り屋さんで、努力屋さんで、若くして三番槍になった。今こうしてぎゅっとしてくれている腕はしっかりしていて、胸板も厚くて。私を抱えたまま馬に乗れるくらい力もあるんだもん。

大丈夫。

「僕は……」

至近距離にあるマーティーの顔を見た。

ああ、よく見ると、額《ひたい》にもほおにも擦り傷の痕や打撲の痕がある。手の豆だけじゃないんだ。いろいろ訓練で傷ついてるんだろうなぁ。なんて思って見ていたら、マーティーの顔がふっと傾き、近づいてきた。マーティーの息が、ほおにかかる。

ん？　ほおに、息？　どころか、顔全体で風を受け止めてます。

「あーっ！　そういえば、私、マスクも眼鏡もしてないっ！」

マリーゼに取り上げられて、まだ返してもらってない！

私の大声に驚いたのか、マーティーが再び後ろに体を反らした。

「ハナ巫女、ご、ごめんなさいっ」

マーティーが謝っている。え？　何を謝っているの？

不意にマーティーの顔が、私の頭の上に乗った。そしてそのまま、何かぶつぶつつぶやいている。

「かわいい……かわいすぎて、理性、ああ、やばかった……」

何を言っているのか知らないけれど、私の頭の上に顔を乗せてるってことはだよ……。顔伏せてるよね？

「マーティー、前見てる？　ねぇ、前見て馬に乗ろう？」

「す、すみませんっ。前だけ見ますっ！」

馬のスピードが上がった。落ちないように、必死にマーティーにしがみつく。うっと声が聞こえたような気がするけど、力を入れすぎたかな？　ごめん、マーティー。


町の入り口が見えたところで馬を降りて町に入る。

馬を預けてくるというマーティーと別れて、先に神殿に。

「あー、ハナ先輩おかえりなさい」

マリーゼがニヤニヤして私を迎えた。

「兵の様子はどうでした？」

「あ、彼らには会ってない。体の調子は確かめなかった……」

「え？　顔を見せてないんですか？」

マリーゼががっかりしている。

兵の様子をきちんと確認しなかった私のふがいなさにがっかりしたのかな？

ここは先輩巫女として、ちゃんと仕事をしたことを伝えないと。

「隊長には報告したよ。とりあえず二日様子を見て、問題なければ出発だって」

「隊長はそれだけ？　ねぇ、ハナ先輩を見てそれだけ？」

マリーゼが、がくがくと私の肩を揺さぶって言う。

「うん。後は連絡係として何かあればマーティーに」

マリーゼが、隊長の朴念仁《ぼくねんじん》がと、何やらぶつぶつ言っている気がしますが……。マリーゼの顔が怖いので話題を逸らそうと思います。

「で、町の人たちは？」

私の問いに、マリーゼが眉間に寄った皺《しわ》をほぐしながら答える。

「手分けしてすべての場所を確認してくれていて、今のところは症状のある人の報告はなし。あ、神殿の隣の宿に部屋を用意してくれたみたいです。行きましょう」

マリーゼに言われて宿に向かう。

「そうだ、マスクと眼鏡！　マリーゼ返して」

「ねぇ、ハナ先輩、これ、必要ですか？」

マリーゼが不満げな顔でマスクと眼鏡をポケットから取り出す。

「必要ですよっ！」

病人みたいな真っ白で不気味な顔色隠すのと、治療中病気を拾わないためと、目がかゆくなったりしないためと、いろいろっ！

マリーゼから受け取ったマスクと眼鏡を慣れた手つきで装着。

「あ、ハナ巫女〜っ」

その時、手をぶんぶんと振ってマーティーが来た。

私の前にマリーゼがずいっと出る。

「あなたがマーティーね。ふぅーん、なるほど。何歳？」

おや？　マリーゼがマーティーに興味を？

マリーゼは十八歳。マーティーは十九歳。うん、いい感じですよね。邪魔しちゃ悪いかな？

二人が睨み合って――いや見つめ合っているうちに、宿に入った。


翌日。朝食を終えるとマーティーが私とマリーゼのもとにやって来た。

「ガルン隊長が、ハナ巫女に待機場所まで来てほしいそうです」

「え？　何かあったの？　すぐに行くわ。あ、マリーゼ、あなたは神殿にいて。もしかしたら新たに発症する人がいるかもしれないから」

私は、治療の邪魔にならないようにしっかりと髪の毛をまとめ直して言う。

「マーティー、送って行ってもらえる？」

「ハナ巫女、忘れてます」

すっとマーティーの手が私のほおに触れた。

そしてテーブルの上に置かれたマスクを手に取り、私の顔に当てる。

「ああ、食事の時に外したから。ありがとう、自分でできるから」

と言ったのだけれど、マーティーはそのまま両腕を私の頭の後ろに回し、マスクの紐を結び始めた。マーティーの顔が、私のすぐ横にある。

「誰にも、見せないで……」

マーティーの声が耳に響く。

何を？　まさか、私の白い顔色のこと？　そこまでひどいかな？　まぁ、うん、確かに白すぎてどちらが病人か分からないと言われることはある。顔色悪い人に治療してもらうの、いい気持ちはしないよね。この旅の途中はなるべく太陽に当たって健康そうな肌色に……って駄目だ、強い日差しで顔が真っ赤になってひどい目にあったことがあるから。となると……

ユーナにもらった頬紅と口紅。あれを使うと、健康そうに見えていた。……うん、今度使ってみようかな？

そんなことを考えながら待機場所に向かうと、馬車の他にテントがいくつか設置されていた。

「ガルン隊長、ハナです。また無茶して怪我でもしたんですか？」

私は、ガルン隊長がいるという馬車のドアを叩く。

「なんで、俺が怪我したこと前提なんだよ、お前はっ！」

ドアが開いて、相変わらず髪も整えてない無精ひげ面《づら》のガルン隊長が姿を現した。

「いつも怪我して、私を呼びつけてるじゃないですか。っていうか、病気で呼ばれたこと一度もないですよね？　なんとかは風邪をひかないって言うけれど、あれは伝説や迷信の類《たぐい》じゃなくて——」

そこまで言ったところで、ガルン隊長が馬車から飛び降りる。

ん？　着地した足は、この間ねんざしたのとは逆の足だ。

「ふふ」

「何笑ってんだよ、ハナ」

「いいえ、ちゃんと言いつけを守って、ねんざした足をかばっているようなので」

「ハナをこれ以上怒らせると怖いからなっ」

頭をガシガシと乱暴に撫でられる。ちょっと、せっかく束ねた髪がっ。もうっ！

「いいからちょっと来い」

と、連れて行かれた場所に、兵が五人並んでいる。

ん？　なんだろう、この兵たち。癒《いや》しが必要なのかな？

「こいつは四番隊のバーズリル。二十三歳で一番弓。ちょっと力が弱いが、狙いは正確だ。これから筋肉を増やしていけば、力不足も十分補《おぎな》える将来有望な奴だ」

バーズリルね。

「バーズリル、隊長に筋肉をつけろと言われて、上半身はずいぶん鍛えているようだけれど、足腰も鍛えないと駄目よ。体の芯がふらつけば狙いも定まりにくくなるし、腕の筋肉だけで弓を引いては……ほら、腕に負担がかかってるみたいね。――【癒《いや》し】。背筋と腹筋もしっかり鍛えて」

と、思わず口にするとバーズリルの背筋が伸びた。

「はい。ありがとうございます。腕の重たいものが取れました！」

「次は八番隊の二番槍のヘルシ。男爵家の八男で、将来は騎士入りがほぼ確定していると思っていい。二十二歳」

ガルン隊長の説明の後、ヘルシの顔を見ると、口で息をしている。

「もしかして、鼻が悪い？　――【癒《いや》し】。これでどう？　鼻で呼吸がしやすくなって、力を出す時に口をしっかり閉じられるようになったと思うのだけれど」

にこっと笑ってみせる。あ、マスクと眼鏡で表情はほぼ伝わらないけれどね。

ヘルシがぺこりと小さく頭を下げた。

「ああ、本当だ。口を閉じてしっかり奥歯を噛みしめても呼吸が苦しくないです。ありがとうございます」

残りは三人ね。

「おいおい、ちょっと待て。ハナ、お前、なんで普通に癒《いや》してんだ？」

「は？　だって、騎士採用試験の前に有能な人材の問題点を改善しようという」

――ことじゃないの？　勘違い？

ガルン隊長がこめかみを押さえた。

「違うっ、いや、改善はありがたいけど、そうじゃないっ！　こいつら五人は、お前と年齢的にもそう離れてないし、将来有望な人間で」

ええ？　それって、まさか、もしかして……

「見合い……？　の、つもり？」

なんだそれ。腹の底から、自分でも信じられないくらいの怒りが込み上げてきた。

「余計なお世話ですっ！」

すぐに背を向けて歩き出す。

「はー、よかった。いくら優秀な巫女でもハナ巫女は……」

「もうちょっと若くてかわいい子がいいもんなぁ……」

と、ほっとして胸を撫でおろす声が聞こえてくる。

ったく。そうだよね。総隊長に言われれば嫌でも仕方なくやらなきゃだろうし。私も迷惑だし、あの人たちも迷惑だ。

ずんずんと町に向かって歩いて行くと、ガルン隊長に手を取られた。

「すまなかった。その、ハナ……」

ガルン隊長にも兵たちのつぶやきが聞こえて、気が付いたのだろう。無理強いしてることに。

「なんで急にこんなこと……私がもうすぐ二十四になるからですか？　それとも、王都に行ってみっともなく氷の将軍にアプローチするのを止めるためですか？」

ガルン隊長が大きく首を振った。

「ち、違う。両方とも違う。その、恋はいいもんだと思ったから、ハナにも、幸せになってほしくて……」

は、はぁー？

「恋？」

訓練大好き、男くさい汗最高っていうガルン隊長が、恋？

げほっ、ごほごほっ。

驚きすぎて思わずむせた。

「おい、ハナ、大丈夫か」

体を折り曲げ咳き込む私の背中を、ガルン隊長が大きな手で心配そうにさすっている。

そうだ。隊長はいい人。悪気があってこんなことをしたわけではない。それなのに、なぜ私はあんなにも腹を立ててしまったのだろう。

「はー、苦し……」

マスクをずり下げ口元を出す。

はー。はー。

眼鏡が曇ってしまったので、ひとまず外してポケットの中に。

そして顔を上げて、ガルン隊長にもう大丈夫だと伝えた。

「ハ……ハ……ハ……」

何笑ってんの？　っていうか、表情は驚いている。言葉と表情がちぐはぐだ。

しばらくすると、ガルン隊長は唐突に片膝をついて、右手を私に差し出した。

「ハナ、結婚してくれ」

は？　え？

プロポーズの時の定番の姿勢とか意味不明。いったい誰と結婚させたいんだろう？

まさか、自分と結婚してくれっていうわけじゃないよね。だとしたら他の人とお見合いさせるようなことしないはずだし。まったくもって意味が分かりません。

「私に幸せになってほしいって言いますが、私、幸せですよ？　結婚して巫女を辞めることが女の幸せのすべてじゃないです。私は今、とても幸せなんです」

そう言うと、ガルン隊長の手が下ろされる。

「それは、氷の将軍……アルフォードに片思いしているからか？」

ああ、そういえば氷の将軍はアルフォードという名前でしたっけ。

「アルフォードはやめておけ。で、俺と結婚しよう。な？」

はぁ？　お、俺とって言いました？　びっくりしすぎて、心臓がバクバクです。

だから、どうしてそうなるっ！　さっきは見合いさせましたよねっ！

「何が、『な？』ですかっ！　どうして突然ガルン隊長と私が結婚、なんて話が出てくるのか……。

あ、もしかして……三十歳になって、いい加減嫁をもらえと誰かに言われました？　で、めんどくさくなって、ああ、ちょうど行き遅れてた巫女がいたなぁって思ったとか？　私なら簡単に結婚をオッケーすると思ったんですか？」

私が詰め寄ると、ガルン隊長がぶんぶんと首を横に振る。

「ち、違う、そうじゃない。そうじゃなくて、ハナ、俺は……」

それとも、見合いをさせた相手の兵たちが行き遅れの巫女と結婚させられるなんて地獄だみたいなことを言っていたから……相手が他に見つからないだろうと思って、同情したのか。

そうだ。人のいいガルン隊長だもん。私をからかって馬鹿にするなんてこと、するわけがない。

「分かってます。隊長はいい人です。マスクを外した私の顔色を見て、びっくりしたんでしょう？

まるで病人みたいで。死ぬ前に結婚生活を送らせてやろうとかバカなこと考えたんですね？　大丈夫ですよ。健康です。死んだりしません」

「あ、いや、びっくりしたけど、そうじゃなくて、えっと――」

なぜかしどろもどろになるガルン隊長。

その時、ふっと体が後ろに引かれ、耳元に小さな声が届いた。

「見せないで……隊長にも……」

そして、後ろから手が伸びて、顎《あご》にかけていたマスクが引き上げられる。

「マーティー？」

いつの間に来たのだろう。

「ハナ巫女が町に向かったって聞いて探しました。送ります」

ほっ。これ以上ガルン隊長と不毛なやり取りしなくて済むと思ったら、気が抜けた。

「ガルン隊長のことを、皆待っています。ハナ巫女は僕に任せてください」

「分かった。ハナの町への送迎に関してはお前に任せる」

マーティーの声がなんだか鋭いし、隊長の声も棘《とげ》がある気がする。

あ。そうそう、忘れるところだった。

「隊長、すみません。すっかり確認が遅くなりましたが、兵に変わりはありませんか？　症状はまず熱から始まるそうです。咳やのどの痛みがなくても、普段より体温が高ければ病《やまい》の始まりかもしれませんので、注意してください。症状が出た人がいれば、他の人との接触は控えて、まずはしっかりと水分を補給して私かマリーゼを呼んでください」

「大丈夫だ」

よかった。

馬のところへ向かおうとして、マーティーが足を止めた。

「隊長、一つうかがってもいいですか？」

「なんだ？」

「隊長が、その年齢まで独身なのは、容姿だけで女性を選んだりしなかったからですよね？」

マーティーの質問に、ガルン隊長がうっと言葉に詰まる。

「そういえば、ちょっと前にすごくかわいい巫女に言い寄られた時も、隊長は相手にしてませんでしたね。隊長は何を基準に女性を選ぶのでしょう」

私も気になって、続けて問いかけると、ガルン隊長の顔色が青くなった。

「か、顔……で、俺が妻になる女性を選ぶ……わけは……」

隊長の目が泳いでいる。

要するに、妻になる女性の好みとか何もこだわりはなくて、誰でもいいってことなんだよね。

さっき、うっかり私にプロポーズしたし。そりゃ、尋ねられても答えられないし、目が泳ぐわけだ。

「それを聞いて安心しました」

マーティーがにやりと隊長に笑った。

「うぐっ、マーティー、お前……」

「じゃあ、ハナ巫女、行きましょう」

マーティーが手を差し出す。豆が何度もつぶれて硬くなった手に、私は反射的に手を伸ばした。

おっと、別に手の豆を癒《いや》してくれってことじゃないよね。手を引っ込めようとしたら、マーティーに手をつかまれた。そして、ぎゅっと、そのまま指を絡ませるように握られる。

あれ？

「マーティーッ！」

隊長が何か大きな声を出しているけれど、マーティーは振り向かずに私の手を引いてずかずかと歩き出した。

「ハナ、気を付けろよっ！」

「大丈夫ですよー。マーティーがしっかり、馬から落ちないように守ってくれますから」

振り返って答えると、ガルン隊長が両膝をついた。

「それは、全然大丈夫じゃねーっ！　ちくしょーっ！」

はい？　大丈夫じゃない？

「マーティーって、もしかして乗馬技術を隊長に認められてない？」

そう問いかけると、マーティーがつないでいる手をグイッと引き寄せ、私の手の甲に唇を当てた。

「隊長に……いえ、ハナ巫女に認めてもらえる男になります……から」

ふおう、騎士の誓いみたいだ。いや、実際マーティーは決意を誓ってるんだろうけど。

「私は認めてるよ？　マーティーに馬に乗せてもらうの……そりゃ、馬に乗るのは怖いけど、マーティーがいれば大丈夫だと思ってるから」

「僕が……いれば、大丈夫……ハナ巫女……」

グイッとさっきよりも力強く手を引かれ、よろめいてマーティーの胸に倒れ込んだ。

「僕は……」

マーティーの両腕が背に回り、痛いくらいぎゅっと抱き締められる。

マーティーはどうしたのだろうか。私の言葉の何に反応した？　マーティーがいれば大丈夫だと……その言葉？

そうか。感激したのかな。兵だろうが騎士だろうが、奴がいれば勝てる、大丈夫だ！　っていう絶対的な存在になりたいって思うものだもんね。

そうか。そう言われて嬉しかったんだね。

ポンポンポンと、頑張れって気持ちでマーティーの背中を叩く。もっと皆に認められるようになるといいね。マーティー。

「頑張ってるの、知ってるよ。きっと隊長にも認められる槍の名手になれるわ」

そう言うと、マーティーはさらに私をきつく抱き締めた。

えっと、もしかして不安とかあるのかなぁ。

「大丈夫。いつも通り試験に臨めば、きっと、騎士になれるから。もし駄目でもまた挑戦すればいいんだし……」

「騎士……？」

マーティーが小さくつぶやいた。

「兵より騎士のほうがやっぱり、ハナ巫女も……」

兵より騎士のほうが？　何が言いたいのだろう。

「僕、頑張りますっ！」

マーティーが勢いよく体を離すと、まっすぐ私の顔を見て宣言する。

「岩にかじりついてでも、騎士になってみせますっ！」

うん。頑張れ！

「騎士になれたら……あの、その……えっと、ハナ巫女、僕と、その……」

歯切れの悪い物言いに、どうしたのだろうとマーティーの顔を覗《のぞ》き込むと、背後の空に煙が見えた。

あちらの方角は、町だ。町から煙が上がっている。

「ああ、火葬が始まったんだわ……」

遺体から病《やまい》が広がらないように、人々は土葬ではなく火葬される。

たくさんの煙が上がるほど、多くの人が亡くなったんだ。

「行きましょう、マーティー……できれば、途中で花を摘みたいわ……」

マーティーの腕に触れる。

救えなかった命。救おうとして命を落とした中級巫女。せめて、花を手向《たむ》けよう。

「はい。分かりました」

マーティーに馬に乗せてもらい、途中花を見つけて摘んでいく。両手に抱えきれないほどの花。

しまった。これじゃあ馬に乗れないんじゃ……と、オロオロしていたら、

「ハナ巫女、少し馬に括《くく》り付けていきましょう」

と、マーティーが腰に下げた短剣で森の蔦《つた》をスパンと切って持ってきた。

そして器用に花の茎をまとめて縛り、馬に吊り下げる。

「少し花が傷《いた》んでしまうかもしれませんが……」

馬で揺れればまぁ、花びらの何枚かは落ちていくだろう。だけど、ありがたい。

「ありがとう、マーティー」

「まだ、摘みますか？」

マーティーの言葉に、色とりどりに咲いている花を眺める。突然の病《やまい》で命を失った人たちにせめて花を……と思うけれど、これ以上摘んでも持って帰るには限界がある。

摘まれた花も、傷《いた》んでしまえばかわいそうだ。あきらめよう。

首を横に振ると、マーティーが足元に咲いている花を摘んで花束を一つ作り上げた。

「ハナ巫女」

花束が差し出される。

まるで、私のために花束を差し出しているように見える。なんだか、物語の一シーンみたいだ。

若くて将来有望な兵が、慣れない手つきで花を摘み、乙女に差し出す——あ、いやごめんなさい。乙女じゃなかった。そう、これはそういった類《たぐい》の物語じゃない。

「ハナ巫女が持っていてください。大丈夫です。ちゃんと花もつぶさないように僕が支えます」

「マーティー……」

私が、まだ名残惜《なごりお》しそうに花を眺めていたから、マーティーは摘んでくれたんだ。

「ありがとう！　じゃあ、行きましょう」

たくさんの命が奪われた。これから、火葬の煙は何日も上り続けるのだろう。


町に着くと、マーティーが馬に括《くく》り付けていた花を持ってくれた。

二人で火葬場に向かう。

「あの、ハナ巫女……あまり近づくと……」

マーティーが私の心配をしてくれる。近づいて見えてきたのは、落ち着いていられる景色ではない。

ほろりと涙がほおを伝う。

花をそなえ、両膝をつき祈りをささげる。

亡くなったのは決して私のせいではない。間に合わなかったと、思う必要もない。むしろ偶然通りかかって、町の人たちを救うことができたと思うべきなのだ。

だけど、こうして多くの人の遺体を前にすると、私はもっと人を救えたんじゃないかと――なんで救ってあげられなかったんだろうと考えてしまう。

胸の奥に痛みが走る。

ごめんね……ごめんね……ごめんね……

誰に謝っているのか分からないけれど、ただただ、誰かが死ぬことが辛い。もしかしたら助かったかもしれない、一つ何かが変わっていれば運命は違ったかもしれない……そんなやり切れない思いがあふれ出て。

「ありがとうございました……町の人たちをお救いくださり……」

ふと、しわがれた声が耳に届いた。

目を開けると、そこには神父様がいる。

彼は、私がそなえた花の横に、クッションを一つ置いた。それは赤い花の刺繍《ししゅう》が印象的な、温かみのある色合いをしている。

「これは妻が愛用していた品です。……どうぞ」

神父様がクッションと同じ赤い花の刺繍《ししゅう》が施《ほどこ》されたハンカチを差し出してきた。

「あ、えっと……」

涙でマスクはぐちゃぐちゃ。眼鏡も曇っている。慌てて両方とも外して、ポケットから自分のハンカチを取り出す。

「あの、持っていますから……」

「もらってくだされ。妻のハンカチを……」

神父様が、私の手にハンカチを置いた。彼にとっては妻の形見なのに。

「いいんですか？　その……思い出の品では？」

「その花は、『癒《いや》し花』と呼ばれているそうです。疲労回復効果があるのだとか。それで妻は、巫女の花みたいだと気に入っていたようで」

疲労回復効果のある癒《いや》し花？

私は手元のハンカチに施《ほどこ》された刺繍《ししゅう》に視線を落とす。

赤い大きな花びらが五枚。中央に黄色い大きな雌しべがある。見たことのない花だ。

「南方の花だそうで。妻は一度だけ、その花から作られたお茶を飲んだことがあると言っていました」

南方の花？　ということは、この国の花じゃないのだろうか？

この国は大陸の西側に位置している。北には険しい山脈があり、その向こう側はキノ王国よりも寒い国がいくつかあるらしい。

南に位置するミーサウ王国の気候は、一年を通して長袖が必要ないくらいだと聞く。ミーサウ王国の花だとしたら、一生見ることはないかな。だって、戦争している相手の国だもの。この十年ほとんど睨み合っているだけと言っても、戦争は何十年も続いていて、人の行き来は厳しく制限されている。

「お守り代わりに……もらってくだされ」

神父様が私の開いている手の指先を折り曲げ、ハンカチを握らせる。

「巫女の花……ありがとうございます。大切にしますね」

どんな気持ちで、神父様の奥さんはこの花を刺繍《ししゅう》したのだろう。本当に疲労回復効果のある花があればと思っていたのだろうか。それとも、敵国の花を刺繍《ししゅう》することで、両国の平和を願っていたのだろうか。……戦争なんて終わればいいのに。

「もう一人の巫女様にも……」

マリーゼにもと、神父様がもう一枚ハンカチを取り出す。同じように赤い花が丁寧に刺繍《ししゅう》されている。

「はい。確かにお渡ししますね」

私は、ぺこりと神父様にお辞儀をして火葬場を後にする。

きっと、神父様は愛する奥さんとのお別れを静かに一人でしたいはずだ。生涯中級巫女として過ごした奥さんとの別れ……

振り返り、神父様の背中を見る。

「夫婦……かぁ……」

結婚しても巫女であり続けた中級巫女……かぁ。


二日後、町の人も兵も、病《やまい》の症状が出なかったので出発することになった。

「町を迂回《うかい》しながら進むしかないよな……」

ガルン隊長がポツリとつぶやく。

「ハナ先輩、町を迂回《うかい》して進むって、別に兵たちは誰も発症してないのに念を入れすぎじゃないですか？」

マリーゼの言葉に私は頷く。

ふふふ。あの町での一件以来、マリーゼとは普通に話ができるようになりました。よかった。気詰まりなまま一緒に馬車にずっと揺られずに済んで。

そういえば、王都まで、あと何日かかるんだろう。

「町を迂回《うかい》して進むと、それだけ余分に日数がかかるわよね。二日発症してなければ私たちが病《やまい》を運んで広げる心配はないって、もう一度ガルン隊長に言ったほうがいいかな？」

「そうですね、ハナ先輩の言葉なら、ガルン隊長も信用するでしょうし」

まぁ、確かに、ベテラン中のベテラン巫女ですから私。そこそこ信頼もされてるはずです。

ちょうど休憩を取るために馬車が止まった。

「じゃあ、ちょっと隊長のところへ行ってくる」

「あ、待ってくださいハナ先輩っ！　ガルン隊長と話をするなら、マスクと眼鏡を取ってくださいっ！」

「なぜ？」

そう返すと、マリーゼが、うーんと少しだけ考えてからポンと手を打った。

「ほら、あれです、偉い人の前に立つ時って、帽子をしたままじゃ失礼とかいう」

ああ、なるほど。

「大丈夫よ。今更ガルン隊長は、そんなこと気にしないから」

と言って馬車を降りようとすると、袖をマリーゼにつかまれた。

「うんと、そうじゃなくて、えっと、あーっと……そうそう、目を見ると、その本気度が伝わるんで！」

「ああ、なるほど。確かに、目を見て話をすれば本気度が伝わりやすいかもしれない」

あれ、そういえば、私はいつも隊長に眼鏡をしたまま話をしていた。

「もっと気を付けてください」とか「無理しないでください」とか……あれって、本気が伝わってなかったってことかな？

よし。今度からガルン隊長に物申す時は、眼鏡を外して言うように心がけよう。

「マリーゼ、ありがとう！　そうする！」

マリーゼは私の返事を聞いて、嬉しそうに笑った。

「よし、今度こそ隊長は落ちる……」

マリーゼが小さな声でガッツポーズをしているけど、何を言っているかまでは聞こえなかった。

まぁいいや。長くない休憩時間だ。ガルン隊長も、ああ見えて総隊長だからそこそこ忙しいはず。さっさと話をしなければ。


馬車を降りると、ガルン隊長が数名の兵を集めて何やら話をしていた。

うーん、あの場に突撃するのはさすがに「部外者が何様のつもりだ」と思われそうだ。

とりあえず話し合いが終わるまで待つべきだよね。と、距離を置いてその様子を眺めていると、ひそひそと声が聞こえてきた。

「ハナ巫女がガルン隊長を見つめているぞ」

「あの噂は本当なのか？」

「ああ、ガルン隊長がハナ巫女からのモーションに困り果てて部下に押し付けようとしたっていう、あれだろう」

ぬ？　なんですってぇっ！　あれか、あの見合いか！　あのせいで、こんな噂が……

別に、今更何を噂されようと気にしない。……どうせ行き遅れだの、なんだのさんざん言われてるし。でも、そのせいでガルン隊長に話がしたくても近づくだけでひそひそされるのは、ちょっと迷惑なんだけどっ！

しかも、私が、私が、ガルン隊長に懸想してるとか……しかもガルン隊長が迷惑してるとか……むしろ、迷惑してるの、私だよね？　私だよね！

「ハナ巫女！」

ふえい!?

突然後ろから抱き着かれた。この声はマーティーだ。

「おい、マーティー何してるんだっ」

ひそひそ話をしていた一人が驚きの声をあげる。

「ガルン隊長なんかをハナ巫女が相手にするわけないだろ？　噂知らないのか？」

マーティーの言葉に、兵の一人がポンと手を打つ。

「噂ってあれだろ、氷の将軍のことが好きだって話……あれ本当なのか？」

「確かに氷の将軍と比べれば、あのガルン隊長でも勝負にはならないか……」

あれ？　もしかしてマーティーは、私とガルン隊長の噂を消そうとしてくれてる？

「とにかく、ハナ巫女はガルン隊長なんて好きじゃない。あの見合いだって、ガルン隊長の余計な、本当に迷惑な、おせっかいなだけだから。ね、ハナ巫女」

マーティーがいい笑顔で私の顔を見た。

「えーっと……まぁ、そうね。兵の方々にも無用な迷惑をおかけして……その、ガルン隊長のおせっかいのせいで……ごめんなさい。あの、その……」

せっかくマーティーが作ってくれたチャンスなのだから、はっきり伝えておこう。そうすれば、変な噂がこれ以上広がることは――いや、変な噂を否定してもらえるはずだ。

「私、ガルン隊長のこと好きじゃないです。全然恋愛対象じゃないですから！」

と、きっぱり言う。

「あ、隊長！」

兵の声に振り返ると、私の後ろでガルン隊長が四《よ》つん這《ば》いになっていた。

「ガルン隊長、もしかしてまだ足の調子が？　大丈夫ですか？」

痛い足をかばって変な歩き方でもして転んだのかと思って声をかけると、ガルン隊長がゆっくりと顔を上げた。

「ハナ、なんてこと、大声で宣言してるんだ。大体、お前たちは何の話をしていたんだ……」

ガルン隊長が立ち上がり、兵たちに声をかける。

「ひぃっ、申し訳ありません。あの、その……」

ああ、もう、ガルン隊長はっ！　今回の件はどう考えても、兵たちが悪いんじゃなくて、そんな噂の原因を作るような、おせっかいなお見合い作戦を行ったガルン隊長が悪い。

睨みつけるようなことしちゃ駄目。

「隊長が勝手にセッティングしたお見合いのことで変な噂が立っていたんですから。悪いのは隊長です」

ここは、はっきり言っておかないと。

「え？　変な噂？　何の噂だ？」

うぐ。私がガルン隊長を好きだなんて説明させますか。

あ、そうだ。そうそう、眼鏡、眼鏡。

ここはマリーゼのアドバイスを活かす場面だ。本気度を目を見て伝えなくちゃ。

眼鏡を外し、ついでに声がよく通るようにマスクも下ろす。

「ガルン隊長、噂の内容はどうでもいいです。とにかく、原因はガルン隊長にあるんですから、兵を叱るような真似はしないでください。それから――」

「ハナ巫女！　それ以上はっ！」

マーティーが慌てて私のマスクを戻し、眼鏡を奪って私の顔に押し当てた。

マーティーの突然の行動に視線を横に動かせば、唖然として声も出ない兵の姿が二、三、四……

えーっと、私、何かまずいことしちゃいました？

「お前ら、今見たことは内緒だからなっ。絶対、ぜーったい、誰にも言うな。噂もするなっ！」

ガルン隊長が兵に強い口調で命じる。今、見たことは内緒？　ガルン隊長、何を言って？

「おい、ハナ、こっち来い」

ガルン隊長が私の腕をつかんで移動する。

「あ、ごめんなさい。もしかして……巫女に怒られるなんて、総隊長としての面目《めんぼく》を……その、威厳を傷つけるような真似……つい、その……」

病気や怪我、体調管理に関しての言葉であれば、巫女のほうが上の立場だと兵も理解できる。でも、今回私が口にしたのは、それ以外のことで……さすがに巫女が偉そうに総隊長という立場の人に言いたい放題していいわけはない。と、反省。

「違う、あ、まぁ、それは別の話で……ちょっと待て！」

ぐいぐいと私を引っ張っていたガルン隊長の足が、突然止まる。

「マーティー、なんでお前が付いてくる」

振り返れば確かにマーティーがいる。

「また変な噂が流れると、ハナ巫女に迷惑がかかりますから。二人きりにならないように」

「ぐあーっ」

ガルン隊長が、頭をがりがりとかいた。

「しゃーねぇ。お前の言う通りだ。ハナに迷惑をかけるわけにいかねぇな」

「ありがとう、マーティー」

マーティーには感謝。

「すまん、ハナ。あー、お詫びに、その変な噂がこれ以上立たないように、結婚しようか？」

は？

何、さらりと結婚の提案してるんでしょう。ガルン隊長にとって結婚ってそんなに軽いこと？

「解決策として適切ではないです。というより、そんな話はどうでもいいです」

と、口にして、ずいぶん私も軽い話にしちゃってると内心おかしくなった。

「そ、そんな話……」

ガルン隊長がうぐぐと言葉に詰まる。

「どうでもいい……」

マーティーが笑いをこらえるように口をつぐんだ。

「そんなことよりも、マリーゼと話をして、ガルン隊長にもう一度伝えたいことがありまして」

「ああ、すまん。俺個人じゃなく、隊長である俺に話だな」

どっちもガルン隊長だけど違うの？

「兵に病《やまい》の症状が出ている人は一人もいないので、私たちが病《やまい》を運ぶ心配はないです。町を迂回《うかい》するなんて用心しすぎです」

私の言葉を聞いた瞬間、ガルン隊長はちょっと視線を泳がせ、すぐいつもの表情に戻る。

ほんの、ほんのコンマ何秒の動揺だけれど、長年の付き合いのある私が見逃すはずはない。

痛いのに痛くない、大丈夫じゃないのに大丈夫だと嘘をつく時の隊長だ。

ガルン隊長の反応を見逃さないように、じっと顔を見てもう一度口にする。

「だから、町を通って予定通り進んでも大丈夫です」

「あー、うん、そうだな」

ガルン隊長が完全に顔を逸らした。

「あ……」

すると、マーティーが何かを言いたそうに小さく声をあげる。

「マーティー！」

マーティーの口を封じるためなのか、隊長がマーティーの名を短く呼ぶ。やっぱり、私に何か隠してるんだ。いったい何を？

町を通らないのは、私たちが病《やまい》を運ぶ危険を回避するため。もうその心配はないと言っているのに迂回《うかい》しようとしている。迂回《うかい》して進めば、宿に泊まることもできないし、王都へ到着するまでに余分に日にちがかかる。それでも町を迂回《うかい》することを選択する理由。

「あ……そういうこと……」

私のつぶやきに、ガルン隊長とマーティーが小さくため息をついた。私が町を迂回《うかい》する理由に気が付いたことが分かったのだろう。だけれど隊長は何も言わない。

もし、すでに他の町に病《やまい》が広がっていたとしたら、また足止めになる。二日間様子を見て次の町へ……とやっていけば、一つの町を通過するたびに二日ずつのロスになってしまう。

町を迂回《うかい》するということは、病《やまい》を避けて進むということ。私たちが病《やまい》を広げる危険を回避するためじゃない。

「隊長っ」

怒りに頭が沸騰しそうだ。

ガルン隊長の判断……それは王都で開かれる騎士採用試験に間に合わせるためには仕方のないことかもしれない。

だけれど、病《やまい》の広がった町を避けていくということは……私にはできない。

私の力で誰かを助けられるかもしれないのだ。見殺しになんてできない。

けれど、隊の一員である私が、わがままを言うわけにもいかない。隊の規律を乱し、一人の巫女がわがままを押し通すなんて……

だから、きっとガルン隊長は、私には町を迂回《うかい》する理由を説明しなかった。町を見捨てるようなことを私にさせたくなかったんだろう。知らせなければ私の心は守れると思ったに違いない。

それを考えると、町を通って行きましょうなんて言えない。言えないけれど……

少しだけわがままを言うくらいなら、きっと巫女には許されてる。そうでしょ、隊長。

「や、宿に……宿に泊まりたいです。野宿が続くのは辛い……です……」

巫女は若い娘だ。これくらいのことは言い出してもおかしくない。〝軍の規律を乱す〟とまでは言われないはずだ。

「ああ、そうだな。うん、巫女に無理はさせられない。この先、町を通る道と町を外れる道がある。町を通過した先で合流すればいい」

ガルン隊長からすぐに言葉が返ってきたことに驚いて、つい声が出る。

「あー、ハナのことだからな。どうせ町の人たちを見捨てられないって言うと思ってな」

ガルン隊長が、はぁーとため息をついた。

「隊は三番隊隊長に任せる。俺と巫女二人、それからマーティー。四人は町を通る道を行く」

「ガルン隊長！　ありがとうございますっ！　ありがとうっ！」

嬉しい。

「どちらにしても、病《やまい》がどれほど広がりを見せているのか王都に報告する必要があるから、町の様子を見に行く人間が必要だったんだ」

ガルン隊長の大きな手が私の頭に乗る。わしゃわしゃわしゃわしゃ。

「何事もなければいいが、もし病《やまい》が広がっていれば、巫女に癒《いや》してもらわなければ合流できなくなるからな。頼んだぞ、ハナ」

「はい、頑張ります」

私がそう答えると、マーティーが首を傾げた。

「隊長自《みずか》ら行く必要はないのでは？」

あ、本当だ。

「マーティーが行く必要もないんだが」

ガルン隊長が少し意地悪そうな顔で、マーティーに告げる。

「え？　連絡係としてマーティーが一緒のほうが助かりますよね？　むしろ、ガルン隊長じゃなくて別の人にしたほうが」

と、言ったら、ガルン隊長が悲しそうな顔になった。

「ハナ、そんなことはないぞ。ほら、何かあった時、町の偉い人とか領主とか、話をつけるには俺がいたほうが早いだろ？　癒《いや》しに必要な物資を用意させたりとかもな？」

なるほど。――って、あれ？　ちょっと待って……

「……領主？」

そんな偉い人と話をしなくちゃいけないことなんてあるのかな？

「三つ先が、この領の領都だからな」

へー。そうなんだ。って、そうか。

王都は王が直接治めているけれど、王都を囲むようにあるいくつかの領は、それぞれの領主が治めているんだよね。その領主の住むところが領都と呼ばれている。当然王都へと続く街道は領都も通ることになるんだ。各領と王都とを結ぶ道が敷かれているんだから、王都への最短ルートを進めばそうなるか。

でも、領都を通るからって、必ずしも領主と顔を合わせるわけじゃないと思うんだけどな。

「領都なら上級巫女もいらっしゃるはずですし、私とマリーゼの出番はないんじゃないですか？」

上級巫女もいれば、中級巫女も複数いるはず。

「だと、いいがな」

ガルン隊長の手が私の頭を撫でて、ぽつりとつぶやく。

いったいどうしたのかな？

ひとまず、次の町へ向かうべく、私が馬車に乗り込むと、その御者台《ぎょしゃだい》にガルン隊長が座る。

何かあった時に走らなければならないので、マーティーは馬です。

いろいろ気になることはあるけれど、とりあえずマリーゼに現状を伝える。

「――と、いうわけなの」

「さすがハナ先輩です。町を見捨てるなんてできませんよね！　私、頑張ります！　ハナ先輩に癒《いや》してもらいながらなら、いくらだって力が出せます！」

マリーゼが自信に満ちた目をする。

そうだね。あの方法なら、二人いれば効率的に癒《いや》しが行える。

「でも、病《やまい》が広がっていないのが一番よね」

「あ、そうですね。私たちの出番なんてないのが一番いいですね」

と言いつつも、癒《いや》しに必要な品物の準備を始める。眼鏡とマスクの予備もいるだろう。


馬車がスピードを落として止まる。町に着いたのだろうか。

すぐにドアがノックされ、ガルン隊長の声がかかった。

「荷物の準備を」

「準備はできています」

内側からドアを開けると、目に入ってきたのは木々。まだ森の中のようで、町には着いていない。

ガルン隊長の視線は前を見ている。前じゃない、前方の空だ。

何を見ているの？　私は馬車を降りて、ガルン隊長の視線の先に目を向ける。

「あ」

マリーゼも馬車から降りて、同じように空を見た。

「あれは……煙……」

そう。空には煙が上がっていた。煮炊きをしている煙でも、狼煙《のろし》でもない。……この間見たあの煙と同じ。あれは、火葬をした時に出る煙だ。

「火葬……」

ぼそりと乾いた声が出る。通常、人が亡くなれば土葬——穴を掘ってお墓を作る。

火葬するのは、人から人へとうつる病《やまい》で亡くなった場合だ。

「ああ、どうにも楽観視できそうにない」

次の町に病《やまい》が広がっている可能性は高い。そして、すでに何人も亡くなっている可能性も……

「急ぎましょう、ガルン隊長っ！」

「ああ。荷物を持ったら馬車はここへ置いていく。馬で行ったほうが早いからな」

ガルン隊長が、馬車から馬を切り離しながら言う。

「マリーゼ、荷物を」

「はい、準備完了です。ハナ先輩」

マーティーが馬を引いてやって来る。

「お願いしますね」

と言ってマーティーの馬に乗ろうと思ったら、ガルン隊長がグイッと私のお腹に手を回した。

「行くぞ、ハナ！」

え？　うひょっ！

驚く間もなく、あっという間に馬の上に乗せられ、それでもって、後ろに乗ったガルン隊長にがっちりホールドされる。

「え、あ、ちょ」

「つかまってろ。それから口を開くと舌を噛むぞ」

うっぎゃーっ！

ガルン隊長が馬の腹を蹴ると、ドドドドドッと、すごい勢いで馬が駆け出した。

落ちる！　怖い！　ちょっ、なにこれ、無理、無理、ひぃーーっ！

ガルン隊長に必死に抱き着く。やばい、目を開けるのも怖いって。

「大丈夫だ」

私の体に回されたガルン隊長の腕。

この腕の中にいれば、馬から落っこちるなんてことはないんだろうけど……

けど、なんだろう……。この、安心感のなさっ！

うぎゅーっ、次は、やっぱり、マーティーの馬がいいですぅぅぅぅっ！

町の入り口で馬を降りると、足元がふらつき、ガルン隊長に支えられる。

「大丈夫か？　ちょっと急ぎすぎたか」

大丈夫じゃないけど、急いだのは町の人たちのためなので、文句も言えない。

ふー、ふーと、三度深呼吸をして、気持ちを立て直す。

「行きましょう。私は神殿に向かいます」

「ああ、頼む。俺は町役場に」

どの町も大体の造りは同じだ。町の真ん中に神殿があり、役場は一番高い建物。

あたりを見渡せば、町の雰囲気は暗い。子供の走り回る声もなければ、人を呼び込む商店の声もない。井戸端で話し込む女性の笑い声もない。

神殿に近づくと、複数の男女が神殿のドアを叩いていた。

前の町で見たように、神殿の外にも人々が息も絶え絶えに横たわっている。

「開けてください、巫女様！　お願いです、私の子を癒《いや》してください」

ドンドン。

「早く癒《いや》しを！　このままでは主人は、主人は！」

ドンドンドン。

「出てこい巫女、癒《いや》すのが仕事だろっ！」

ドンドンドンドン。

「巫女様ぁ、助けて、助けて……」

怒りと悲しみと恐怖と、いろいろな感情が神殿のドアにぶつけられている。

神殿のドアが閉ざされているということは、巫女が癒《いや》しを拒否している？　そんなことがあるだろうか？

「すみません、通してください」

ドアの前で叫んでいた人たちをかき分けて進もうと、手を伸ばす。

「邪魔するな、俺が先だ！」

かき分けようとした手を振り払われ、その勢いで体が後ろに傾き、しりもちをついた。

「お姉さん、大丈夫？」

手を差し伸べてくれたのは、十歳前後の女の子だった。

「あのね、順番なの……巫女様が癒《いや》せるのは一度に三人なの。だから、順番を待たないと駄目なの。ママの順番は次の次の次……」

女の子の目に涙がたまっている。

そうか。そういうことか……！　中級巫女は下級巫女よりも力が強いといっても、使える魔力量に限界がある。ここの神殿の中級巫女は三人を癒《いや》すと魔力が尽きてしまうのだろう。

何も癒《いや》しを拒否しているわけではない。力が及ばないのだ……

前の町……力を尽くして命を落とした神父様の奥さんを思い出す。

「順番はどのように決まっていますか？　体力のない者、重症な者から治療を？」

私の質問に、女の子の後ろの男の人が答えた。

「いや、もう早いもん順だ。神父様が亡くなってからは誰もこの場を仕切る者がいなくて……」

神父様は亡くなったのか……。だから、神殿の前で怒りをぶつけている人を制する者もいない。

「ハナ先輩、どうですか？」

そこに、マーティーとマリーゼが到着した。

「マーティー、マリーゼ、癒《いや》しの前に、まずは患者の順位付けを。神父様はお亡くなりになり、取り仕切る者もいないそうなの」

「分かりました」

マーティーが頷き、すぐに行動を開始する。まだ元気で動けそうな者に声をかけ、重症者と軽症者に分けていく。

「何だよ、お前たち」

不満げな顔を見せる者もいる。

「すぐに治療は再開いたしますので、落ち着いてください。私たちは巫女です」

私の言葉に、神殿の前で怒鳴り散らしていた男がほっとした顔をする。

「本当か？　頼む、妻が、妻が病《やまい》に……腹の中に子供もいるんだ」

「奥様はどちらに？　動かせるなら、こちらに連れて来てください。他の方も動けるようでしたら、神殿の周りに患者を移動させてください。とても動けないような人がいたら私が順に向かいますので、大体の場所をマーティーに……」

私の言葉はすぐに広がり、各々《おのおの》自分のすべきことをし始める。

私も、私がすべきことをするために、神殿のドアをノックする。

「巫女様、巫女様聞こえていますか？　私は、駐屯地からやって来た巫女です。お手伝いいたします」

声をかけてからしばらくすると、閂《かんぬき》の外される音がして、ドアが開いた。

顔を見せたのは、背の高い白髪の女性だった。神殿の手伝いの者だろうか。

「ありがとうございます……ですが……」

と言いながら、白髪の女性は神殿の治療室まで案内してくれた。

患者が横たわるはずのベッドの一つに、青い顔をしてやつれた若い女性が一人。どうやら彼女が中級巫女らしい。

「駐屯地というと下級巫女ですよね……この町に広がった病《やまい》は、中級巫女でも、もう手に負えないのです……もう、この町は……駄目です……」

白髪の女性が涙を落とす。

「【癒《いや》し】を」

私は、ベッドに横たわっていた中級巫女へ癒《いや》しを施《ほどこ》す。

するとみるみる中級巫女の顔色がよくなり、ほおに赤みがさした。

「ああ、ヨーゼ……患者を呼んで。癒《いや》しを行うわ……」

ベッドから上半身を起こすと、中級巫女は、白髪の女性を見てすぐにそう言った。

「ルイナリエ巫女……もう、これ以上無理をしては、ルイナリエ巫女が……」

ヨーゼが止めると、ルイナリエと呼ばれた中級巫女がにこっと微笑む。

「大丈夫よ、なぜか力がみなぎって元気に……あら、あなたは？」

ルイナリエが私に気が付いたようだ。

「駐屯地から来た、ハナと申します。下級巫女ですが、何度もルイナリエ巫女を癒《いや》すことができます」

「え？」

ヨーゼとルイナリエが声を合わせて驚いた。

「患者でなく、私を？」

ルイナリエが首を傾げた。

「ええ、ルイナリエ巫女が患者を三人癒《いや》し、私がルイナリエ巫女を癒《いや》す。そして、また三人癒《いや》し、私が……」

そこまで言うと、ルイナリエもヨーゼもこの話のすごさに気が付いたようだ。

「ヨーゼ……あなたは食事の用意を。飲まず食わずで働いては力が発揮できません。ハナ巫女、頼みます」

二人で外に出ると、すでにマリーゼが歩くこともままならない重症患者に癒《いや》しを行っていた。

「マリーゼ、あなたに【癒《いや》し】を」

玉のような汗を浮かべているマリーゼのもとへ向かい、癒《いや》しを施《ほどこ》す。

「【癒《いや》し】」

横目でうかがえば、ルイナリエもすぐに治療に取り掛かっている。

そこに、さっき会った女の子が駆けてきた。

「ママ、もう呼んでも返事をしてくれないの……お願い、助けて」

涙を浮かべながらも女の子ははっきりと現状を伝える。

「マリーゼ！　マリーゼは患者ではなくルイナリエ巫女に癒《いや》しを……。私はここにいない患者を診《み》て回ります」

手遅れになんてしない。一人でも多く助ける。

「あ、ハナ先輩、先輩の力じゃ……」

マリーゼの声が遠くに聞こえる。

ああそうだ。マリーゼは私の力が弱いと思っている。大丈夫だよ。命をつなぐために抑えて癒《いや》しを使えば、十人や二十人どうってことない。その後、神殿でマリーゼたちに癒《いや》してもらえばいいんだから。

「命をつないでくるから！」

マリーゼに手を振り駆け出した私は、マーティの姿を見つけて声をかける。

「マーティー、動けない人の情報は？」

すると、マーティーが首を横に小さく振る。

「まだ神殿周りの人がやっとで、町にどれくらいいるのか把握できません」

マーティの言葉に、すぐに決断を下す。

「町を回ります。探して連れて来てというよりも、直接私が行ったほうが早いわ」

「俺が手伝うっ！」

さっき身重の奥さんを連れてきた男性が手を挙げた。

「動けない患者はあちこちにいるさ。巫女様が癒《いや》しをしている間に、その周りの家を探す。そうして移動していけば少しは時間節約になるだろ？」

なるほど。

「お願いします。じゃあ、行きましょう」

移動しながら、男性は大声を張り上げた。

「巫女様の治療が再開された。神殿へ急げ。動けない者がいれば声をかけてくれ。それから、どんどん皆にも伝えてくれ！」

その力強い言葉を聞きながら、まずは女の子の家に入ると、ベッドには母親が寝ていた。

いや、もう意識を失っているのだろうか。その隣には父親が……息をしていない。

「ああ……」

ぎゅっと女の子を抱き締めた。大丈夫。ママは助けるから。

【癒《いや》し】を」

すぐに母親の呼吸が力強くなり、目を開いた。

「ママっ」

「ああ、カイヤ……あなたは無事だったの……よかった……」

「ママ、ママ、ママァっ」

間に合ってよかった。

「歩けますか？　歩けるようであれば、続きの治療は神殿で受けてください」

完治させてあげればいいんだけど、そうすると多くの人を診《み》ることができない。

「次に行きます」

家を出れば、男性が「あっちの家だ」と動けない患者のいる家を指さした。

家の中に入ると、床に倒れ伏している老婆の姿。息はある。

「【癒《いや》し】を」

意識が戻ったのを確認すると、いつの間にか付いて来ていたカイヤちゃんが老婆に声をかけた。

「歩けるようになったら神殿へ治療を受けに行ってください。まだ完治していません。少し楽になっただけなので、必ず神殿に行ってください」

「カイヤちゃん？」

カイヤちゃんが、私が説明するはずの言葉を老婆に伝えている。

「私も、手伝います。こうして説明することはできるから」

「ママに付いていていいの？」

「ママはもう大丈夫だもの。巫女様のおかげです。あのね、私も、将来巫女様みたいになるの」

決意を込めた目を向けられる。

「え？」

「去年神殿で巫女の力があるって。下級レベルだったけど……だから、えっと、私は巫女見習いだから」

そうか。将来の巫女だったんだ。

「ありがとう」

十歳で巫女の力があるとされた子供たちは、十五歳で巫女として勤務地に派遣されるまでの五年間は巫女見習いとなる。巫女見習いは、包帯の巻き方や病気の見分け方など、神殿で基本的な知識を身につける。それから癒《いや》しの使い方の訓練も積むのだ。

母親の無事を確認したらすぐに巫女の仕事を手伝おうなんて……

「きっと、素敵な巫女になれるよ。じゃあ、お願い。私は次の患者のもとへ行くので、説明は任せていい？　説明してから追いかけてきてもらえる？」

カイヤちゃんが嬉しそうに頷くと、男性の声が聞こえた。

「次はこっちだ」

男性が次の重症患者のいる家を教えてくれた。ゆっくりしている暇はない。

混乱する町の中を移動しながら、癒《いや》しを施《ほどこ》していく。

すでに手遅れとなっている人もいた。助けることができた命に目を向け、助けられなかった命で心が折れないように気を張る。

「【癒《いや》し】を」

もう、何軒回り、何人に癒《いや》しを施《ほどこ》しただろうか。

「すごい、すごいです、ハナ巫女は……私、なんで下級レベルしか力がないんだろう……」

ふと、カイヤちゃんの目から涙が落ちる。

「もっと力が強かったら、そうしたら、私……パパを……」

「私も下級巫女だよ……だから、救えなかった命もある。でも、こうして救える命はなんとしても救う」

カイヤちゃんの背をそっと撫でる。

「え？　ハナ巫女が下級？　でも、だって……」

カイヤちゃんの涙が止まった。

「私は行き遅れ巫女と言われているのよ。十歳で巫女の力があると知って、十一歳で癒《いや》しが使えるようになってから数えれば、もう十三年……。毎日ずっと癒《いや》しを使い続けるうちに、少しずつ力が強くなって魔力も増えた。もしかすると、今は中級巫女レベルはあるかもしれない」

「力が強くなる？」

カイヤちゃんの目が輝く。

「さあ、次の人を癒《いや》しましょう」

という私の言葉に、カイヤちゃんが力強く頷いた。

「こっちにもいる。頼む！」

三軒先の集合住宅から男性が声をあげる。

「二階の奥の部屋と、三階の手前と真ん中の部屋だ」

言われて二階の奥の部屋へ。

「巫女です、もう大丈夫ですから！」

母親らしき女性がベッドのふちにもたれかかるようにして倒れている。ベッドには幼児が二人。

母親に近寄ると、もうほとんど意識が保てない状態だというのに、グイッと、腕をつかまれた。

「子供を、どうか、子供を助けて……」

「大丈夫。【癒《いや》し】を」

すぐに子供たちに癒《いや》しを施《ほどこ》す。そして、母親へも。

癒《いや》しを施《ほどこ》した小さな子供は大声をあげて泣き出した。今までは泣きたくても泣くだけの力も残っていなかったのだろう。母親が子供を抱き上げた。

「ああ、ああ、ありがとうございます」

カイヤちゃんに目配せをする。説明は任せても大丈夫だろう。

「次は三階だったわね」

部屋を出て階段を上ろうとしたところで、三段目で躓《つまず》いて手をつく。

「大丈夫か？」

男性の言葉に、平気だと答えて、今度は落ち着いて階段を一段ずつ上がっていく。

そういえば、何人に癒《いや》しを行ったんだっけ？

そろそろ、限界かもしれない。

まだ、町の半分も回っていないというのに……

「そうだ、マリーゼに……」

マリーゼに癒《いや》してもらえば、回復するはず。

そんなことを考えながら、三階の手前の部屋の一人に癒《いや》しを行い、部屋を出たところで膝をつく。

ああ、駄目だ。本当に限界みたい。

「ハナ巫女っ！　大丈夫ですかっ」

階段を上がってきたカイヤちゃんが、私の姿を見て慌てて駆け寄ってきた。

そして、間髪容《かんはつい》れずにカイヤちゃんは「【癒《いや》し】を」と、私に手をかざす。

「傷をふさいだり、病気を治したりはまだ無理だけど、疲れを取るくらいなら……」

カイヤちゃんが申し訳なさそうな顔をして言う。

「疲れ……ああ、楽になった。楽に……」

魔力が回復したのを感じる。

カイヤちゃんは、下級巫女レベルしかない上に、まだ見習いだ。つまり、力が弱くて癒《いや》し方もうまくないはず。それでも、私は癒《いや》され、しっかりと魔力が回復した。見習い巫女でも、巫女の魔力を回復することができるのだ。

これなら……

「カイヤちゃん、あなたは何回くらい癒《いや》しが使える？」

「四回か五回くらい」

回数はそれほど多くない。そううまくはいかないか。

「この町に、巫女見習いは何人いるの？　それぞれどれくらいの力がある？」

「えっと、私も入れて四人。下級が三人に、中級が一人」

四人か。一人が五回癒《いや》せたとして二十回。中級の子はもう少し回数多くいけるか。

ああ、使えなくなったらお互いに回復させればいいんだ。

全員が同時に魔力が空《から》にさえならなければ……

「カイヤちゃん、その子たちを神殿に集めてくれる？」

「うん、分かった！」

カイヤちゃんに頼むと、私は三階の真ん中の部屋で癒《いや》しを行う。それから、町を回り魔力が尽きるまで癒《いや》し続けた。——癒《いや》せているのは、まだ町の三分の一というところだ。

……時間がない。神殿に行けない人たちには時間がない。

案内役の男の人に声をかける。

「いったん神殿に戻って魔力の回復を行います。その間に、動けない人がいる場所を案内できる人をもう一人お願いします。それから、患者を運べるようであれば、なるべく神殿へ運んでください」

「分かった。回復した人間も増えたし、人手は確保できるだろう。背負ってでもなるべく連れて行くようにする。巫女様が近い所から町を回るなら、俺たちは遠くの家から見て患者を運ぶ。それでいいか？」

「はい。お願いしますっ」

私は急いで神殿へ戻る。

「ハナ巫女！」

カイヤちゃんが手を振って駆けてきた。後ろにはカイヤちゃんより少しお姉さんの子が三人いる。

カイヤちゃんと他の見習い巫女を引き連れ、治療中の二人のもとへ。

「マリーゼッ！　ルイナリエ巫女」

「この子たちは見習いの……」

ルイナリエが見習いの子たちの顔を見て声をあげる。

「見習い巫女でも、ルイナリエ巫女を回復させられます。中級の子と初級の子は、ルイナリエ巫女の回復に。二人の力が尽きたらルイナリエ巫女が二人を回復させてください。それで、また二人は回復できるようになります」

お互いに回復し合うことで無限に回復できる。そんな馬鹿なことがあるだろうか。

いや、実際にできるのだ。なぜ今までこんな簡単なことが行われなかったのか……

中級巫女以上の巫女は、単独で勤務することが多く、周りに巫女はいない。だが、理由はそれだけではないだろう。

マリーゼの言葉がよぎる。

『大切な魔力を、そんなことに使うなんて！』

そう。怪我も病気もしていない、魔力切れして疲れているだけの巫女に癒《いや》しを行うようなことがなかったのだろう。

そもそも、限界まで癒《いや》しを行って巫女が倒れることがそれほど多くない。こんな極限状態……そうそうあってたまるか！

「マリーゼにはカイヤちゃんが付いてあげて」

私がそう言うと、カイヤちゃんがこくんと頷いた。

「マリーゼ、まだ町の中にはたくさんの動けない人が癒《いや》しを待っているわ。だから……」

「分かりました。私も町を回って癒《いや》します。一人では回りきれないものね」

マリーゼが任せてと親指を立てた。私は、その指をひっつかんでマリーゼに言って聞かせる。

「マリーゼ、一人を全力で癒《いや》さないで。それではとても魔力が足りない。回復し合いながらなら魔力はなんとでもなるかもしれないけれど、時間がないのよ」

マリーゼが全力で一人を癒《いや》すのに、数分かかったはずだ。癒《いや》せる人数が少なくなるのはもちろんのこと、今は時間も惜しい。

「立ち上がって神殿へ行ける程度に、命をつなげればいい。とにかく、今は……完治させることよりも〝死なせない〟ことを。一人に使う力は抑えて」

「できるかしら……」

マリーゼが不安そうな顔をする。

いつも全力で癒《いや》しを施《ほどこ》してきたのだろう。まっすぐに、絶対治すんだという思いで……

「大丈夫。カイヤちゃん、マリーゼを助けてあげて。患者の顔色を見て大丈夫だと思ったら癒《いや》しを途中でやめさせて」

「うん、分かった。マリーゼ巫女、二人で頑張ろう」

「そうね。頼むわ」

マリーゼとカイヤちゃんがぐっと手を握り合う。

そこに、先ほど案内をしてくれていた男性が戻ってきた。

「今、回復した男衆が南のほうから動けない人をこちらに運んでくる。さっきの案内の続きは俺が、反対側からはこいつが見て回る」

「こいつ」と紹介されたのは、カイヤちゃんと同じ年くらいの男の子だ。

「背負って人を運ぶわけじゃないから、息子でも十分だろう？」

少年は男性の息子なのか。

「さぁ、行こう。おいら、あの辺でいつも遊んでて詳しいから安心してくれよ」

と言って、少年が走っていく。その後をマリーゼとカイヤちゃんが付いて行った。

「じゃあ、行きましょう」

私はもう一人の見習い巫女と、先ほどの集合住宅から先を回る。

日が落ちるころ、左端から回った私たちと、右端から回ったマリーゼたちが合流した。

あたりはすでに薄暗くなっている。

「見落としがないか、もう一度手分けしてすべての家を回ってくる」

そう言って、ランプを持った男性が息子の背を叩く。

「お前の友達にも頼めるか」

「ああ、もちろんだ。もう声をかけて、探してもらってる」

「私たちも一緒に」と言うと、男の人は首を横に振った。

「いや、巫女様たちは神殿に待機していてくれ。どこにいるのか分かったほうが、何かあった時に声がかけやすい。人手が増えて、あちこち同時に動くことができるようになったからな」

確かにそうか。

「そうね。マリーゼ、神殿へ戻りましょう」

マリーゼが頷いたのを確認して二人で神殿へ向かった。

神殿では、まだルイナリエ巫女が人々に癒《いや》しを行っている。

町に着いた時に、神殿の周りに倒れるようにして寝ていた人たちの姿はもうない。今は、立ったり座ったりできるところまで回復した人たちが、癒《いや》しを待っている状態だ。

「手伝います」

ルイナリエ巫女に声をかけ、皆で癒《いや》し続けた。


そうして一晩癒《いや》し続けた結果、日が昇るころには、癒《いや》しを待っている人たちの姿はなくなり、神殿の周りは小さなお祭りみたいになっていた。生きられた喜びの声をあげる人もいれば、亡くなってしまった人のために祈りをささげる人の姿もある。

よかった。終わった……

「よくやったな」

建物に背を預けて座り込み、朝日を眺めていた私の頭に、大きな手が乗った。

「ありがとう、ハナ」

ああ、この手は。ガルン隊長だ。

張っていた気が緩《ゆる》み、ほっとしたと同時に涙が零《こぼ》れた。

眼鏡を外し、涙をぬぐおうとポケットからハンカチを取り出す。

視界に入ったのは、赤い花の刺繍《ししゅう》。

「あ……」

これは前の町でもらったハンカチだ。なんとなく使うのをためらっていると、ガルン隊長が「ちょっと待ってろ」と言ってどこかへ行ってしまった。

「ほら」

ごしごしごし。

うぶぶぶっ。戻ってきたガルン隊長に、いきなり何か分からない布で顔を拭かれる。

その布をそのまま私の膝の上に広げて、そこにバスケットを置いた。

「お腹空いただろ。食え。食うと、元気が出るからな？」

バスケットの中にはパンと、鳥の足を焼いたものが入っていた。

泣いたから、落ち込んでいるとでも思ったんだろうか？　食べたら元気が出るって、励まし？

私はガルン隊長の顔をまじまじと見る。

「ん？　なんだ？」

「ガルン隊長は食べたんですか?」

「あー、まぁ——」

ゴーギュルルン。

口で返事をする前に、ガルン隊長のお腹が返事をした。

豪快な音に、二人で目を丸くする。そして、思わず笑ってしまった。

「ふふふ、ガルン隊長もお腹空いてるんじゃないですか。お腹空いてても、ガルン隊長は元気ですね……」

ひとしきり笑って、顔を上げると、正面にガルン隊長の顔があった。

ん、何だろう。ガルン隊長の顔を見たら、私も少し元気になったよ。

ガルン隊長といえば……ん? じーっと私の顔を真剣に見ている。笑ったから怒った?

「えっと……」

「ハナ、笑うとかわいいな」

はぁ?

「な、なに言って、なに言ってるんですかっ」

思わず眼鏡を慌てて顔に戻す。

かわいいとか、何それ。

そ、そうか、私、隊長にがみがみ言ってばかりだから、泣いたり笑ったりしたのが新鮮だと思われたとか?

視線をバスケットに落とすと、パンをがしっとつかみ、乱暴に半分に引きちぎる。

「お腹空いてると、ろくなこと考えないって言いますもんね。食べましょ。はい、半分こです」

ちぎったパンをガルン隊長に差し出す。ガルン隊長は、パンを受け取ると私の隣に座った。

すると向こうのほうから、聞き慣れた声が近づいてきた。

「あー、もう、隊長は人使いが荒すぎますよ。まったく……」

マーティーだ。同じく食事をぶら下げている。

「ハナ巫女、どうぞ」

マーティーがスープの入ったカップを差し出すと、ガルン隊長が「すまんな、マーティー」と言ってカップを受け取る。

「ちょ、隊長。それ、ハナ巫女に持ってきたんですけどね」

「もう一つ持ってるじゃないか」

ガルン隊長がマーティーの手にあるもう一つのカップを指さす。

「だから、そっちがハナ巫女ので、こっちが僕のなんです」

そうか。部下が上司の食事を運ぶのは普通だもんね。ガルン隊長が勘違いしても仕方がないか。

「マーティー、ここに座って」

立ち上がり、座っていた場所をマーティーに譲る。

「自分の分は自分で確保するわ。二人ともありがとう。ゆっくり食べてね」

と、二人に手を振って私はその場を離れた。

「え？　ハナ巫女……僕と隊長の二人で食事とか……あの」

「ハナ、おい」

しばらく距離を置いて振り返ると、二人が奪い合うように食事をしていました。

うん。仲良くてよかった。

後で聞いた話だが、ガルン隊長とマーティーは、機能がマヒしていた町をなんとかしようと動き回っていたらしい。指揮系統が壊滅していた上に、町の治安を守る人たちも病《やまい》に倒れ、圧倒的に人が足りなくなっていたようだ。さらに、いつごろからどういう経路で病《やまい》が広がったかなどの情報収集に加えて、周辺の集落の情報もできるだけ集めて回っていたのだという。

「仮眠を取ったら、すぐに出発しよう」

食後に合流したガルン隊長の言葉に、私もマリーゼも素直に頷いた。

第三章　行き遅れ巫女、領都民を癒《いや》す

仮眠から目覚めると、太陽は真上にあった。神殿から出て馬車に乗り込む。

「あれ？　ガルン隊長？」

馬車には、私とマリーゼ。それから私の向かい側にガルン隊長が乗り込んだ。

……天井に頭が当たっている。大柄なガルン隊長にはこの小型の馬車は小さいようだ。

っていうか、一気に狭くなった。

やがて馬車が動き出す。

「あれ？　御者《ぎょしゃ》は？」

「ああ、町の者を一人雇った」

そうなんだ。でも、なんで人を雇ってまでガルン隊長が馬車に？

「あ、寝てないんでしょう！　ガルン隊長、仮眠を取ったらって言ってたけれど、自分は寝てないんですねっ！」

私の指摘に、ガルン隊長は視線を逸らす。……やっぱり。

「まったく、いくら癒《いや》しで体が楽になっても、寝ないと倒れますからね。【癒《いや》し】を……。ほら、移動中少しでも寝てください」

「ああ、ありがとうハナ。その……」

ごにょごにょと言葉を濁《にご》すガルン隊長。そして――

「スマン！」

意を決したように、ガルン隊長が勢いよく頭を下げた。そのまま、微動だにしない。

「ハナ先輩、許してあげたらどうでしょう」

マリーゼが私の耳元でささやいた。

いや、待って、許すも何も……

「なんで謝っているのか分からないんだけど……」

私は訝《いぶか》しげな顔でマリーゼに返す。

「え？　分からないんですか？　でも、ここまで必死に頭を下げてるんですから、何かよっぽどハナ先輩に悪いことをしたと思っているんじゃ……」

「そ、そんなこと言っても、心当たりなんて……あっ」

一つだけあった。プロポーズだ。結婚してくれとか言っておいて、やっぱりあれはなかったことにしてほしいという話かもしれない。

いや、もともと本気にしてなかったからいいんだけど、でも隊長としては結婚を申し込んでそれをなしにしてくれなんて、悪いことしたと思っているのかも。

……えーっと、これ、どう声をかけたらいいんでしょうね？　本気にしてなかったから大丈夫ですとか？　それとも、やっぱり私にプロポーズしたのはなかったことにしたいですよねとか？

ああ、駄目だ。それじゃあ嫌味っぽいし、ここまで来ると、なかったことにしてほしくないみたいな……

わ、私、何を考えているんだろう。えっと、えーっと……

「スマン、本当にスマン。ハナ、町に寄らずに通過させてくれ」

「は、え？　そっち」

ガルン隊長の言葉に、間抜けな声が出てしまった。

なんだ、そうだよね。こんな状況でわざわざプロポーズの話なんて出すわけないか。私、何勘違いしてるんだろう。

あああ、もうっ。なんだか、私ばっかり気にしているみたいで恥ずかしいっ。

「そっち？　って、ハナは何の話だと思ったんだ？」

ガルン隊長がびっくりして顔を上げる。

「「あ」」

私とマリーゼの声が重なった。

ガゴンッ。

うん、勢いよく頭を上げすぎて、天井に頭ぶつけましたよ、ガルン隊長。

痛そう……。癒《いや》そうと思って手を伸ばすと、ガルン隊長に手をつかまれた。

「話の続きだが……町に寄れないと、言ったんだ。俺がじゃない、ハナもマリーゼも町に連れて行かない」

ガルン隊長が苦しそうな表情で口にする。

「うん、やっぱり、そうかなぁって」

「ハナ、お前、そんなあきらめた顔して、どうしたんだよ。町の人たちを見捨てたくないって、町を通り過ぎるなんて許さないって言わないのか？」

そうか。ガルン隊長は、私ってそういうタイプだと思ってるんだ。

こんな時のために、アレを準備しておいてよかった。

「そうです、ハナ先輩！　きっと、次の町でも病《やまい》は広がっているはずですよっ！　一つ目よりも二つ目の町のほうがひどかったんです。時期的に、今向かってる方向から病《やまい》がもたらされた可能性が――」

マリーゼの言葉に、私はなでなでとマリーゼの頭を撫でる。

「マリーゼはいい子ね」

「ハ、ハナ先輩、な、何を言ってるんですかっ！　こんな時に、どうしちゃったんですかっ！」

「そうだ、ハナ、何があった？　お前らしくないぞ！　急に町に連れて行かないと言い出した理由くらいは聞けよ」

二人に詰め寄られた私は、ごそごそとポケットから紙を取り出す。

「なんだ、この紙？　まさか、お前……」

ガルン隊長の顔が青ざめる。

「駄目だ。ハナ、俺にはお前が必要なんだ！」

ん？　あれ？　何か勘違いされてる？

「ひゃー、プロポーズですかっ！　あ、あの、私、邪魔じゃないですか？」

待って、さらに誤解が加速してるっ。マリーゼ、違うから！

「ハナ、辞表なんて、俺は受け取らないぞ！　辞めて自分一人で町に向かおうなんて！」

ガルン隊長が興奮して立ち上がろうとして、再びガツンと天井に頭をぶつけた。

「そうなんですか!?　なら私も！　私も辞めますっ。ハナ先輩と一緒に町に行きます！」

マリーゼが私にぎゅっと抱き着いてきた。

「隊長もマリーゼも落ち着いて……」

えっと、狭い馬車の中がカオスです。

私、辞表とか辞めるとか町に行くとか言ってないよね？

「お、落ち着けって言われたって……そうだ、ハナ、まずは俺の話を聞いてくれ。それからもう一度考え直して――」

「考え直すのはガルン隊長のほうです！　ハナ先輩に辞めてほしくないなら、町の人たちを見捨てるようなことはやめてくださいっ」

マリーゼがガルン隊長を睨んでいる。あー、もうっ！

「二人とも、落ち着いて！　私、辞めませんしっ、そもそも、これ辞表じゃないですっ！　話を聞くのは、二人のほうですっ！　まずはちゃんと座って！」

ビリリと、馬車の空気が揺れた。

あれ？　そんなに大声出してないのに、ガルン隊長とマリーゼがおとなしく椅子に座り直す。

「えーっと、マリーゼの推察通り、病《やまい》は向かう先から来たと、隊長も考えたんですね。もしかすると、情報収集ですでに他の町の状況も知っているんじゃないですか？」

ガルン隊長が小さく頷く。

「二つ先には領都もある。領都の病《やまい》を収束させなければ、人の出入りの多い領都から国中に病《やまい》が広がる……それを恐れているのでしょう？」

ガルン隊長が再び頷くと、マリーゼがはっと口を押さえる。

「一刻も早くまずは領都にとガルン隊長は考えたからこそ、町に寄らないという、私やマリーゼの気持ちを裏切るような決断をしたんですよね？」

「あ、ああ……そうだ。町の人たちを見捨てられないと、兵たちと分かれて町を通るコースを選んだ二人の意志を……」

あー。ガルン隊長らしい。わざわざ総隊長が巫女の気持ちを考えて頭を下げに来るなんて。

「ありがとうございます。ガルン隊長」

私はガルン隊長の手を握って、癒《いや》しを施《ほどこ》す。さっきぶつけた頭の癒《いや》しだ。

そして、その手に先ほど取り出した紙をのせる。

「私やマリーゼがいなくても町は大丈夫ですよ。神父様にこの紙を渡してください。神殿にいる中級巫女、そして巫女見習いたちが連携して癒《いや》しを行える流れを書いてあります。それから、駐屯地にいる、力が比較的強かった巫女……そうですね、サーヤとカエの二人を派遣して、この方法を伝えながら町を回るようにしてもらえますか？」

紙には、町で実際に行った方法、それから改善点、あると便利なもの、癒《いや》しを行う上で優先すべき人たちのことなど、気が付いたことを書き留めてある。

「ハナ……お前、あの後これを書いたのか？」

ガルン隊長が紙に目を落とし、小さな声でつぶやいた。

「領都に急ぎたいと、ガルン隊長なら言うと思ってましたから。何年ガルン隊長のもとにいると思ってるんですか」

「ハナ……俺は……」

ガルン隊長がちょっと不思議な表情を浮かべる。

なんだろう、この顔。喜怒哀楽のどれでもない、複雑な表情。

「さぁ、これを早く町に届けてくださいね？　で、私たちは領都に急ぐんでしょう？」

「あ、ああ、そうだったな。ありがとう、ハナ！」

そう言って、ガルン隊長が走っている馬車のドアを開く。

うわー、ちょっと、急ぐって言っても、そういう危ない急ぎ方はっ！

「マーティー、話がある！」

動く馬車と馬の上で二人が話を進める。いやいや、手を伸ばして手紙渡すとか、落ちるよ、隊長っ！　あー、駄目だ。見てるとはらはらして落ち着かない。

寝よう。うん。寝ちゃおう。手紙書いてたから、あんまり寝る時間なかったんだよね。馬車の中で寝ればいいやと思ってたから。

　ではおやすみなさい！


目が覚めたら、馬車は止まっていた。

ふあー、よく寝た。

おや？

馬車の中にマリーゼの姿はなく、私の前にはガルン隊長がいる。

「ガルン隊長？」

でもって、ガルン隊長の手が私の頭をなでなで……。なに、この状況……

「町を避けて進んでいるから、今日はここで野宿だ。すまんな。さあ、食事にしよう」

「す、すみません、もしかして私が起きるの待ってました？　起こしてくれればいいのにっ！」

「いや、せっかく珍しいものが見られるんだから、起こしちゃ損ってもんだろ？」

珍しい？

私が首を傾げると、ガルン隊長がニマニマしている。

……はっ！　やだ、私！　マスクも眼鏡もしてない。もしかして、ヨダレたらしてたり半目になったりして寝てた？　うわー、恥ずかしいっ。

くそぅ。ガルン隊長め！　そんな私の間抜けな寝顔を見て楽しんでいたっていうの？

もう、寝る時だって、マスクも眼鏡も外さないっ。

そんなことを決意していると、馬車のドアがガラッと開いた。

「あ、ハナ先輩起きたんですね！　私、すごくいいこと考えたんですっ！」

マリーゼが目を輝かせて言う。

「いいこと？」

マリーゼがこくんと頷いた。

「領都って他の町より大きいんですよね。ということは、お店もいっぱいあると思うんです。だから服を買いましょう！　きっと素敵な服が売っていますよっ！」

マリーゼの興奮した言葉に、ガルン隊長がふっと笑った。

「服か。俺が買ってやるよ。いや、買わせてくれ。今回の働きの礼だ」

すると、マリーゼがガルン隊長にきらきらした顔を向けた。

「本当ですか？　やった。お金の心配せずに選べる！　ハナ先輩、私が選んであげますからね、目いっぱい素敵な服を！　ハナ先輩を必ず、氷の将軍の目に留まらせてみせますっ！」

マリーゼの言葉に、ガルン隊長が飲んでいた水を噴き出した。

「ぶぶっ、なんだと？　そんな目的のために俺はハナに服を買ってやるのか……」

ガルン隊長がぶつぶつと何か言い出したけれど、よく聞こえない。

「こう見えても、センスには自信があるんですよ！　任せてください！」

マリーゼが、こぶしを握る。

ああ、今更、あの噂は嘘なんだとは言えないのです……。いや、でも、大丈夫だよね。

どんな魅力的な女性に言い寄られても、すげなく断る氷の将軍。

どんなにオシャレしたって、二十三歳の行き遅れ巫女が、氷の将軍の目に留まるとは思えません。

「なぁ、ハナ……」

ガルン隊長が突然真面目な声を出す。

「目いっぱいオシャレして、それでも氷の将軍に相手にされなきゃ、それであきらめるか？」

はい？　あきらめるって？

「氷の将軍……アルフォードへの気持ちを断ち切れるか？」

初めから気持ちはないので断ち切るも何もないんですけどね？

でも、無理だと分かったからあきらめると言って、駐屯地の仕事を辞めれば自然かな？

結婚相手が見つからずに追い出されるように辞めたと思われるよりは、氷の将軍をあきらめて現実を見ながら辞めたっていうほうが……マシ？

まぁ、どっちでもいいか。立ち去る場所でどんな噂をされようと。

……だけど、駐屯地の仕事を辞めるいいきっかけになるかもしれない。辞めるに辞められなくてずっと続けてきちゃったけど、いつまでもいるわけにはいかないんだ。

皆と別れるのは辛いけど……

ガルン隊長の顔を見る。

ガルン隊長と別れることを想像して、胸が痛んだ。

家族を失った私。ガルン隊長は、そんな私に家族のように接してくれた人。八年も一緒にいたから、お互い言いたいことを言えるようになったのに……。また、一人になるのが辛い。

だけど、新しい道へ進まなくちゃ……。そう、中級レベルにまで力が上がっていたら、どこかの町の神殿に骨をうずめよう。

そこで、見習い巫女たちと一緒に町の人たちのために働こう。救える命は救うんだ。

だから——

ガルン隊長の大きな手を見る。

何度、この手に負った傷を癒《いや》しただろうか。これから先は、ガルン隊長の傷は別の人が癒《いや》すんだ。私の仕事じゃなくなる。

八年かぁ。十五歳から二十三歳までって、これまでの人生の三分の一もガルン隊長のもとで過ごしたってことになるんだよね……

ふと口をついて出た言葉。別れは寂しくて辛いけれど——

「辛い、けれど……」

「新しく一歩を踏み出さないと……」

「そうか……辛い……よな、そりゃ……」

ガルン隊長はそう言って私の頭をなでなでする。

はー。この人からすれば、私は頭を撫でるような子供に見えるんだろうな。ずっと最初に会ったままの十五歳だとでも思っているんでしょう。

っていうか、ガルン隊長から見れば、駐屯地の巫女は皆「尻の青いガキ」らしい。「恋愛対象になんてなるか！」だそうで。

何年か前、すんごい美人で大人びた巫女に言い寄られた時も、「どんなに大人ぶっても所詮は十六、七のガキだろう。子供に手を出す趣味はない」って言ってたもんな。まぁ、その時、すでにガルン隊長は二十七か二十八。ちょっと年齢差があったと言えばあったけれど……

「だけど、いつかは、その、あきらめなくちゃいけない時があるからな？　その……俺が、その時は……」

ん？　あきらめる？　何の話をしてたんでしたっけ？

「もー、ハナ先輩も隊長も、なんで振られること前提で暗くなってるんですかっ！　大丈夫ですよっ！　ハナ先輩、頑張りましょう！」

えいえいおーと、腕を突き上げるマリーゼ。

「そ、そうだよね。うん、今から暗くなっても仕方がないよね」

まだしばらくは仕事を続けるんだもん。今から辞める時のことを思って落ち込んでも仕方がない。

そういえば、立ち寄った町では、神父様の奥様……中級巫女のシャナ様が亡くなったんだよね。急なことだったから次の巫女が配属されるまでには少し時間がかかるはずだ。

私じゃ駄目かな？　高齢のシャナ様が務めていたのだし、若い巫女じゃなくとも受け入れてもらえるんじゃないかな？

能力チェックしてもらって神殿勤務できたら、あの町の希望を出してみようかな。一日も早く代わりの巫女が来た方がいいだろうし。

あの町なら駐屯地とも近いし、時々遊びに行けるかも？

そう考えたら楽しくなってきた。

「マリーゼありがとう。楽しみになってきた」

そう言うと、ガルン隊長はちょっと不満げな顔をしていた。


馬車の横で焚火《たきび》を囲み、質素な食事をしながら、今後の予定を話す。

メンバーは、私、マリーゼ、ガルン隊長、マーティー、御者《ぎょしゃ》、それから途中で合流した兵二名だ。

マーティーが手紙を届けた町にも病《やまい》は広がっていたそうだ。被害はすでに町の人口の五分の一にも及んでいた。五人に一人が病《やまい》で亡くなっていたというのだ。

「なんて恐ろしい……領都は大丈夫なんでしょうか……」

顔を青くしたマリーゼの言葉に、ガルン隊長が小さく首を横に振った。

「分からない。もし、領都に何かあれば、もう俺のところに連絡が来ているはずだ。それがないということは、無事か……もしくは、連絡が取れない何かが起きているか……だ」

連絡が取れない何か……

その一言で、一気にのどが渇く。

壊滅的な被害を受け、連絡する使者も立てられない可能性が頭をよぎる。単に、たいした被害がなく、使者を立てるまでもないのならばいい。あるいは、使者が行き違いになっているかならば、だ。

「隊長、領都には何人の巫女がいるんですか？」

ガルン隊長に質問する。分からないことばかりだと、不安が増える。

ならば、分かることを増やして不安を打ち消していくしかない。

「巫女の人数か？　ああ、領都に着いたらハナたちには手伝いに行ってもらうことになるかもしれないな。確かに知っておいたほうがいい」

ガルン隊長が、紙を広げて紙の中央に丸を書く。そして、その丸から、四方に線を引いた。

「他の領都は分からないが、ディリル領都は東西南北の町に分かれている。それぞれの中心に神殿があるんだ」

そう言って、隊長は線で区切られた四か所の中央に印を打つ。

「東神殿には中級巫女が二人。他は中級巫女が一人ずつだ」

私は首を傾げる。

「なぜ、東神殿にだけ二人？」

「ここで、見習い巫女の教育を行っているからだ。癒《いや》しを行う巫女と教育を行う巫女の二人が配置されている」

見習い巫女を一か所に集めている？

だったら、北、南、西のそれぞれへ見習い巫女に行ってもらう必要がある。それから東神殿の巫女の一人には町を回ってもらう？　そこに、私とマリーゼも加わると……

私は頭の中で、巫女たちの動きを考える。

「それから領都の中心部に、領主の城がある。それを囲むように、貴族や富裕層の住む区画。ここに上級巫女が二人いる」

「上級巫女が二人も？」

聖女に次ぐ力を持った上級巫女がいるなんて。

マリーゼの目が輝いた。

「さすが領都だわ！　上級巫女様がいらっしゃるのね！　どれほどの力をお持ちなんでしょう」

力が強くて魔力も多いのが上級巫女だ。中級巫女は、三人から五人の病《やまい》を完治させることができるが、上級巫女になると何人完治させることができるんだろう。

とはいえ、上級巫女にも回復役の見習い巫女を配置すべきよね。……回復役を、私とマリーゼがしたほうがいいだろうか？

「それで、見習い巫女は何人くらいいるんですか？」

「スマン、そこまでは把握していない」

どれくらいの患者がいるのか分からない。見習い巫女の数も足りるか不明。……っていうことは。

「まずは、死者を増やさないこと、か……」

完治させる前に、まずは命をつなげないと。

「では、中級巫女たちには症状の重い者から癒《いや》しを施《ほどこ》してもらいましょう。ただし、完治はさせず、死なない程度に回復してもらいます」

「でもハナ先輩。見習い巫女がいるなら補佐できるので、患者を完治させればいいんじゃないですか？」

マリーゼの問いに、首を横に振った。

「領都に近づくにつれ、患者の数も増えているので、もしかすると領都では今までの町以上に患者がいるかもしれない。……それに、上級巫女が二人もいるんだから、歩いて移動できるところまで回復した人は中心部に行って、上級巫女に完治させてもらえばいいと思うの」

マリーゼがポンッと手を打った。

「なるほど！　まずは各神殿で応急処置をして、ちゃんとした治療は上級巫女に任せるってことですね。それなら、中級巫女が一人を完治させるよりも時間がかからなくて、たくさんの人が助かるかも！　ハナ先輩あったまいい！」

マリーゼが手放しで褒めてくれるけれど、逆に私は不安になった。

「うまくいくといいけれど……」

「大丈夫です」

マーティーが力強い言葉を発する。

「僕と兵二人、それから……」

マーティーがガルン隊長と御者《ぎょしゃ》の男を見る。

「私も、協力させてください」

「頼む」

御者《ぎょしゃ》が頷くと、ガルン隊長が頭を下げる。

それを確認して、マーティーが口を開いた。

「では、僕たち四人でまず東神殿に行って、治療方法を伝えましょう。その後、それぞれの神殿に見習い巫女を何人ずつ配置するかを決めます。その見習い巫女を連れて西神殿、南神殿、北神殿に向かい、説明するようにします。では、早速行ってきます」

マーティーと兵二人と御者《ぎょしゃ》の四人が東西南北の神殿へ行くことになった。

「私はそれぞれの神殿宛てに手紙を書きます。補足の説明はお願いします」

私の言葉に、皆が頷く。

「説明が終わったら、僕は中級巫女と特に状況がひどい場所を回るようにします」

「ああ、頼む、マーティー。俺はまず、町の中で動けずに取り残されている者たちを神殿へ運ぶよう、領都の兵たちに指示を出そう。その兵たちもどれくらいの人間が動ける状態か分からないから、情報収集も必要になりそうだが。まずは領主んとこに顔を出すか……」

そうだ、ガルン隊長が領都の兵を直接動かすわけにはいかないよね？　まずは領主に説明をして動いてもらわないといけないんだ。

「私たちは、上級巫女の補佐をします。見習い巫女が何人いるか分かりませんし、上級巫女を癒《いや》すのにどれくらいの力が必要かも分からないので……。ただ、私とマリーゼ二人いれば、上級巫女を癒《いや》すことはできると思うんです」

「ああ、そうだな。じゃあ、領都の門をくぐったら、お前たちは東神殿に。俺はハナとマリーゼを連れて中央へ向かう」

こうして、皆で日が昇ってからの動きを確認した。マリーゼが神殿に向かう人たちに、何を巫女に伝えてもらえばいいのか説明している。

どうか、この不安が杞憂《きゆう》でありますように。領都の皆が無事でありますように。

そう祈りながら、私は手紙を書き進めた。

「これは、まずいな」

領都に近づくにつれ、道ですれ違う人が増えている。

商人が商売のために移動しているというには多すぎる人たち。子供連れの人もいる。

ガルン隊長の顔が険しくなった。

「……領都から移動している人？」

領都ですでにはやり病《やまい》が広がっていたら、領都から移動した人が、他の町に病《やまい》を運んでしまうかもしれない。それよりも、移動している人たちは……

心臓の奥がどぐどぐどぐと熱くなる。

これは駄目だ。病《やまい》の広がっている領都から来た人は、症状が出ていないだけですでに罹患《りかん》している可能性がある。そんな人たちが、こんなにたくさんいるなんて……。これがもし、発症したら……

「マーティー、馬を代われ！　先に行く！」

ガルン隊長が馬車の中からマーティーに声をかける。

「待って、私もっ！」

ガルン隊長のマントをひっつかんだ。

「ハナ？」

私という荷物が増えると、ガルン隊長が一人で馬を駆けるより遅くなる。それは分かっている。だけど……じっとしていられない。被害が広がるのを黙って見過ごすなんて……このままじゃ、確実に助けられない人が増えてしまう。それは防がないと！

ガルン隊長が、私の顔の眼鏡をずいっと持ち上げて、目を覗《のぞ》き込んだ。

どきんっ。

そ、そういえば、ガルン隊長の目を眼鏡なしで直接見ることなんてそんなになかった。ガルン隊長の瞳に、眼鏡のない私の姿が映っているのが見える。

ああ、ガルン隊長の目が「私」を見ている。うう、何、これ。眼鏡なしで見られているだけなのに、逃げ場がないような、心の奥まで見透かされているような、落ち着かない気持ちになるなんて。

えっと、マリーゼ曰《いわ》く、目を見ると説得力が出てくるとか……。確かにこれは、効果がありそう。

つまり、ガルン隊長が私の眼鏡を持ち上げたということは、しっかりと目を見る必要があるってことで……ああ、もしかして、私、ガルン隊長に駄目だって説得される？

どうしよう。目を逸らしたくなってきたけれど、駄目。目を逸らしちゃ。

ちゃんと言わなくちゃ。

ガルン隊長の目を逸らさずに、まっすぐ見返す。すると——

「分かった。ハナ、お前も、一刻も早く領都へ向かわなければならない何かを感じているようだな」

ん？　私の目に何を見たの？

よく分からないけど、隊長に私の、このなんとも言い難《がた》い気持ちが伝わったらしい。

「マリーゼ、マーティー、後は昨日話した計画通りに事を進めてくれ」

マリーゼとマーティーが頷くのを確認すると、すぐにガルン隊長は私を馬に乗せて、走り出した。

しまったぁ！

一つ忘れてた。

ガルン隊長の馬、めっちゃ怖いーーーーーーっ！

しかも、急いでるからか、前にも増して怖いーーーーっ！

私は振り落とされないよう、ぎゅっとガルン隊長にしがみつく。

「ハナ、大丈夫だ」

ふっと、頭の上からガルン隊長の渋い声が降ってくる。なんだかちょっと楽しそうに聞こえるのは気のせいですよね？

「安心してくれ」

って、何言ってんですかっ！

大丈夫じゃないから、しがみついてるんですけどぉぉぉーーっ！

という訴えを、口にすることはできなかった。だって、口を少しでも開こうものなら、絶対舌を噛む自信がある。

五分ほどで、領都を囲う塀が見えてきた。

「まずいな、これはいよいよ……」

ガルン隊長がぽつりとつぶやく。

領都は、領主の城を囲む城壁とは別に、町をぐるりと取り囲む塀がある。それも城壁と呼んでいるわけだけど、そこを出入りするための門の前には数えきれないほどの人の姿があった。

ガルン隊長から聞いた話だと、城壁には東西南北それぞれに門があり、領都に入るためにはどれかの門から入るしかないそうで。

そこにいる人の誰もが、領都を背にしている。明らかに、領都から外へ出ようとしていた。

「止まれ！　止まるんだ！」

ガルン隊長が馬を止め、大声を出す。

領都から逃げ出した人たちは、突然の騎士からの命令に、足を止めた。

いや、足を止めて馬上のガルン隊長を見上げはしたけれど、すぐに視線を逸らす。遠くの人たちは、聞こえなかったふりをしてそのまま領都から離れていこうとしていた。

「戻れ！　これは命令だ」

しかし、引き返そうとする人は一人もいない。隙をついて領都を出ようと、森へ視線を向けている人もたくさんいる。

「もう一度言う、領都に戻れ！　命令だ。お前たちがしていることは、国を亡ぼす行為。命令に逆らえば、国賊として処罰する」

ガルン隊長の言葉に、道を埋め尽くしている人たちがざわめく。

「国賊……」

「処罰？」

ぼそぼそと不安げにお互いの顔を見合わせている人が、およそ百人、いや、もっといるだろうか。

それでも、人々は引き返そうとはしない。

「騎士様、騎士様はご存知ないから、そんなことが言えるのですっ！」

赤子を背負った男性が叫ぶ。

「領都にいたら、死ぬのを待つようなものです。騎士様は、我々に死ねと言うのですか！」

男の声に、周りの人たちが一斉に声をあげた。

「そうだ！」

「そうだそうだ！」

その声は次第に大きくなっていく。

人の声の大きさに驚いたのか、馬が前足を上げ後ろ立ちになった。

うわっ、落ちる！

必死にガルン隊長にしがみついたのだけど、驚いたのは私だけではない。馬が突然目の前で両前足を上げたことで、近くにいた人たちが驚いてしりもちをついている。

そのおかげか、「そうだそうだ」と声をあげていた人が口を閉じた。

ガルン隊長は馬を落ち着かせると、声を張り上げた。

「はやり病《やまい》のことならば、知っている。知っていて、言っている。領都から外へ病《やまい》を持ち出すことは、国を亡ぼす行為だと、俺は言っている」

空気が重たくなった。

ガルン隊長の言葉に、人々が下を向く。

「それは……国のために、私らに死ねと……」

ああ、確かに。領都にいたら自分たちも病《やまい》で死ぬかもしれないと思って逃げ出した人たちに、逃げるなと言うことは——当人たちは死ねと言われているのも同じだと感じるだろう。しかも、他に病《やまい》を広げないため、国のためにと言われればなおさらだ。

「他の町の人たちの命を助けるために、領都民は犠牲になれと言うのか？」

憎しみのこもった目がガルン隊長に向けられた。下を向いていた人たちが、顔を上げて次々とガルン隊長を睨む。

「嫌だっ！　冗談じゃないっ！」

一人の男が馬の横をすり抜けて走り出した。

ひゅんっと、風を切る音が鳴る。それは一瞬のこと。

ガルン隊長が、鞭《むち》を抜いて男の背を打ったのだ。鋭い一撃に、男が道に倒れ込む。

男の服は破れ、皮膚が割れて血がにじんでいる。

「隊長っ！」

嫌だ。

必要なことだと分かっていても、目の前で隊長が人を傷つける姿を見るのは……辛い。

ああ、違う、辛いのは隊長だって同じだ。顔を見れば分かる。隊長は苦しんでる。だけれど、国のため、いや、領民のため……いや、そうじゃない。ここにいる人たちのためにも、一刻も早く場を収めようと頑張っている。

「ひどいっ！」

「横暴だ！」

人々からガルン隊長を責める声があがる。

ひゅんっ、ひゅんっ、ひゅんっ、とガルン隊長が鞭《むち》を振るう。風を切る音に、人々が口をつぐんだ。

「さぁ、どうする？　素直に戻ったほうがいいぞ？」

ガルン隊長の言葉に、青ざめながらも、それでも人々の足はまるで鉛《なまり》になったかのように動かない。……死ぬために戻るなんてできないと、そう主張しているようだ。

違う、違う。そうじゃない。戻ってほしいのは、死ぬためじゃない。ガルン隊長は皆を犠牲にしようなんて考えていない。助けようとしているのに……

どうしたら伝わるの？　私に何かできることはないの？

私は……そう、私は巫女だ。

巫女ができることなんて、一つしかない。

私は、巫女として、伝えることができるだろうか。

気持ちを……皆を助けたいという気持ちを伝えることができるだろうか。

そうだ、気持ちを伝えるならば、きちんと目を見て話さなければ。

マリーゼの言葉を思い出し、私は眼鏡とマスクを外して顔をさらした。すると、ガルン隊長を睨みつけていた人たちの目が、一斉に私に向いた。

「皆さん、落ち着いてください。私は、巫女です」

人々の不安そうな目を見ながらはっきりと宣言する。

彼らには、私がどう映っているのだろう。分からないけれど、今は巫女としてすべきことをするだけ。

「ガルン隊長、私を馬から降ろしてください」

「ハナ？　何をする気だ？」

ガルン隊長はすぐに馬から降ろしてはくれなかった。だけど、目を見てもう一度頼むと、不安げな顔をしながらも私を馬から降ろしてくれた。

すぐに私は、鞭《むち》で打たれた男のもとへと歩み寄る。

男は痛みで立ち上がることもできずに、地べたに倒れてうなっていた。

「【癒《いや》し】を」

男の背の傷に手をかざす。

あっという間に傷がふさがるのを見た人々が声をあげる。

「巫女様だ……」

「本当に巫女様だ」

「巫女様がいらしてくださった。あの傷をあっという間に治すなんて、優秀な巫女様に違いない」

人々の視線がさらに、私に集まった。今ならば、私の言葉は、思いは、伝わるだろうか。

「お願いです。皆さん、領都へ戻ってください」

一人一人の顔を順に見つめながら訴える。人々は一瞬息を呑んだものの、首を横に振った。

「それはできません……。もうディリル領都は駄目だ……。どんどん人が死んでいく。俺たちもあそこにいれば、病《やまい》になって死ぬのを待つしかない」

「いくら巫女様が来てくださっても、一人ではどうにもならない。それくらい領都はもう……」

そうなんだ。もう、そんなに多くの人が亡くなっているんだ。薄々そうじゃないかとは思っていたけれど、実際にそうだと聞くと心が痛い。

死の光景……。それを想像して、涙がほおを伝う。

「これ以上、死なせない。お願いです、戻ってください……」

駄目、泣いている場合じゃない。ちゃんと、伝えないと。

「私が、私たち巫女が……皆さんを救います。救うための方法を、私が、後から来る巫女が伝えます」

私の言葉に、再び人々がお互いの顔を見合わせる。

本当かどうか、まだ疑っている目だ。

どうすれば、どうすれば分かってもらえるだろう。

「お願いです、あなた方を死なせたくない……」

「だったら、逃がしてくれ！」

「そうだ！　俺たちを助けたいと言うなら、ほっといてくれ！」

「いいえ、いいえ、領都に戻ってください。病《やまい》の潜伏期間……症状が出るまで二日かかります。もう、すでに皆さんも病《やまい》にかかっているかもしれません」

私の言葉に、何人かの息を呑む気配がする。

「か、かかってないかも、しれないだろっ！」

動揺した男の声に、私は首を横に振る。

「では、もし、かかっていたら——領都を離れた道中で、症状が出て倒れてしまったらどうしますか？　私は助けに行くことができません」

ここに来るまでにすれ違った人たちを思い出す。

もし、すでに罹患《りかん》していて路上で病《やまい》に倒れたら……。人知れず苦しみ、一人で亡くなっていく姿を想像して、怖くなった。

駄目、そんな人たちを増やしちゃ駄目！

「だけど、領都で倒れたなら、必ず救いの手を差し伸べます。領都には巫女がいるのですから」

私とマリーゼ、それから中級巫女が五人に、上級巫女が二人もいる。見習い巫女もいるんだ。魔力をお互いに回復しながら癒《いや》しを行えば、きっと救える。いいえ、救ってみせる！

「私は、今、ここにいる皆さんを助けたいんです。今、目の前にいるあなたたちを、です。別の町の誰かじゃない。王都の貴族たちでもない……」

人々が、静かに私の言葉に耳を傾けてくれている。

「散《ち》り散《ぢ》りに逃げて、バラバラになって倒れて……私の手の届かない場所で苦しんで亡くなるあなた方の姿は想像したくありません。お願いです……」

指先が小さく震える。

「どうか、助けさせてください」

深く頭を下げる。

しーんと静まり返り、人々は何も言葉を発しない。

しばらくして、人の動く音が聞こえ始めた。

どこへ？　行かないで。逃げないで。助けさせて！

恐々《こわごわ》、ゆっくりと頭を上げると、人々が背を向け、領都へと戻り始めている。

それを見たガルン隊長が声をあげる。

「城壁のすぐ外にキャンプ場を設《もう》ける。症状の出ていない者は、領都へ入らずそこで待機してもよいこととする。食事などの用意もすると約束しよう。症状が出たら領都へ入るように。俺たちには巫女が——世界で一番優秀な巫女が付いている」

は？　領民たちを安心させるためにしても、ちょっと盛りすぎです。世界で一番優秀な巫女って、誰のことですか！　もうそれ、巫女じゃなく、聖女でしょう！

けれど、大げさな言葉が効いたのか、ガルン隊長に逆らって領都から離れていこうとする者はいない。

ああ、よかった。これで、助けられる。

思わずほっとして力が抜け、ふらついてしまった私の腰を、しっかりとガルン隊長が支えてくれた。

「ハナ……ありがとう。助かった」

「いいえ。私は、私の思ったことを言っただけですから」

「ハナ……」

ガルン隊長が、私のほおを伝った涙を指でぬぐう。

「大切な、俺の巫女……」

俺の巫女？

確かに、私はガルン隊長の隊所属の巫女だけれど。

「失いたくない……」

ガルン隊長の言葉に、胸の奥がぎゅっとなる。

私は隊長に必要とされている。巫女として……。それがすごく嬉しくて。だけれど、やっぱり私はいつまでもガルン隊長のもとで働くわけにはいかない。

お見合いの場としての意味合いが強い駐屯地にい続けては、新たに派遣される巫女の席を一つ奪ってしまうことになる。

それに……。もし、私が町の神殿で働いていたら、病《やまい》が広がる前に、その町を救えたかもしれないんだ。だから、私は、町で働きたい。駐屯地は下級巫女がいれば大丈夫なのだし。

失いたくないと思ってくれているガルン隊長の気持ちが嬉しすぎて、その気持ちに甘えてしまいそうになるけれど、それじゃあまるでいつまでも親離れのできない子供みたいでしょう。

「嫌ですよ、いつまでもガルン隊長のお守りなんて」

私が、ふっと笑ってみせると、ガルン隊長がうーっと頭をかいた。

それから、ガルン隊長はこそこそと横を通り過ぎようとする男を見つけて、肩を叩いた。

「すまなかったな」

先ほどガルン隊長が鞭《むち》打った男だ。

「いいえ、いいえ、皆を助けたいという巫女様の言葉に、我に返りました。領都には、熱を出した両親がいるんです。……どうか、両親をお願いします」

ガルン隊長は、うんと頷く。

「それから、すでに領都から出た人たちの回収も……できればお願いします。もしかしたら道で倒れて苦しんでいるかもしれない」

「分かった。ハナ、急ごう。他の門も似たような状況かもしれないからな」

遠くにマリーゼとマーティーの馬車が近づいてきたのを見て、ガルン隊長が口を開く。

「ここは打ち合わせ通り二人に任せておけばいいな。俺たちはイレギュラーな出来事の処理を進めよう」

そうだ、領都民の流出を抑える措置と、キャンプ場設置の手配が必要になる。

そうして、ガルン隊長が馬で私を連れて行ったのは、兵の宿舎だ。領都の中央から東南の場所にある。

「こりゃひでぇな……」

門から兵舎までは大通りをまっすぐ一本道だ。だけど、大通りはほとんど人の姿がなく、閑散としていた。だから、兵舎に着いて、初めて領都の惨状を目の当《ま》たり《あ》にすることになった。

本来、体力があって病《やまい》になろうとも比較的回復の早い兵たちが、兵舎のそこかしこで倒れている。ある者は、誰かに何かを知らせようとしていたのか、紙束を持ったまま倒れている。ある者は水を飲もうとしたのか、水場で倒れている。駄目だ。何かに感染しているかもしれないから、もうこの水場は使えない。

「大丈夫か？　隊長は？」

ガルン隊長は、倒れている人々の中で比較的意識がはっきりしていそうな者に話しかける。

「亡くなりました。今はセーブル副隊長が指揮を……罹患《りかん》しないように、他の者たちと距離を取って、あちらに……」

兵が指をさした場所は室内訓練場だった。

訓練場は通常熱気が籠《こも》るためドアは開け放しているものだが、今はしっかりと閉められている。

コンコンコンと、ガルン隊長がやや強めにノックをすると、中から返事が返ってきた。

「なんだ？　名前と用件を。外からでも聞こえる」

なるほど。人に会わないことで身を守っているのか。

ガルン隊長が構わずドアを開けようとするが、内側からカギがかけてあるのか開かない。

「聞こえなかったか？　用事があるならそこで言ってくれ」

「開けろ」

「誰だ？」

「ガルンだ」

その途端、ドン、ガン、バドドドドと、中で人が激しい物音を立てて動くのが聞こえる。

「ガ、ガ、ガルン様、もしや、領都の惨状を聞いて駐屯地から駆けつけてくださったのですか？」

中から顔を出したのは、ほおがこけて目が落ちくぼんだ三十半ばの男だ。

へー、ガルン隊長って、なんだか有名っぽい。名前を言っただけで、領都の副隊長という立場の人が慌てるなんて。

立場はガルン隊長のほうが上なのかな。年齢的にはセーブルさんのほうが年上だよね？　副隊長より総隊長のほうが上の肩書とはいえ、所属は領都と駐屯地で違うから……んー、よく分からないな。

「大丈夫か？　セーブル。ずいぶん疲れているようだが……」

「はい、なんとか私はまだ病《やまい》には侵されていませんので……」

「ハナ」

はい。疲れを癒《いや》すだけならたやすいものですよ。

「【癒《いや》し】」

「も、もったいない！　癒《いや》しは、どうぞ、病《やまい》に侵された者たちにっ！」

ああ。マリーゼと同じ。疲れ程度に癒《いや》しの能力を使って無駄にするなと思われました。

「まあ、これで頭がすっきりしただろう？　状況をまず説明してもらいたいところだが、時間がもったいない。まずは部下で使えそうな者をこちらに集めてくれ。そうだな、人数は……」

ちらりと隊長が私を見た。

「とりあえず十人」

十人というのは、私が一人で回復できそうな人数だ。見習い巫女に力を借りればもっと回復できる。

ただ、今この場に見習い巫女はいない。

ガルン隊長の言葉に、セーブルさんが悔しそうに唇を噛む。

「ガルン隊長、申し訳ない。隊長も亡くなり、他二人の副隊長は倒れ、動ける指揮官は私だけです。部隊長も半分は倒れて、半分は不眠不休に近い状態で町の治安維持に奮闘しています」

「そうか。他の副隊長や部隊長はここにいるのだな？　それはよかった。だが、集めると言っても……まあ、動けないか。どこにいる？　案内してくれ」

ガルン隊長の言葉に、セーブルさんが顔を青くする。

「ガルン隊長、現状を知らないかもしれませんが、あまり外を歩き回るのは……この兵舎で安全な場所など……」

「時間がない、早く頼む」

強めの声色でガルン隊長が言うと、セーブルさんはあきらめたように従った。

やがて、ガルン隊長が二人、セーブルさんが一人、兵を肩に担《かつ》いで室内訓練場に戻ってきた。

「ハナ、頼む。セーブル、次を」

よし。頼まれました。マスクと眼鏡を装着！

私は、床にやや乱暴に寝かされた兵に癒《いや》しを施《ほどこ》す。命をつなぐだけでなく、完全回復。彼らには今からいっぱい働いてもらわないといけない。

そういえば、マリーゼたちは無事に領都に入っただろうか。想像していたよりも、領都の状況は悪い。領都民たちが死を恐れて……家族を残してでも逃げ出すほどに病《やまい》は広がっているのだ。

体力のある兵たちでさえ、このありさまだ。

ああ、早く町の人々を癒《いや》したい。だけれど、急がば回れ。より多くの人たちを救うために……今はこの兵たちを癒《いや》さないと。

一人。二人。三人。そして次に連れてこられた、四人、五人、六人、七人を癒《いや》す。

さらに、八人、九人……ああ、やっぱりそろそろ魔力切れか。

十人。情けない。これで打ち止め。

「ごめんなさい、ガルン隊長、もう無理そうです」

「ああ、ありがとう。十分だ」

大きな手が、私の頭を撫でる。

「あの、ガルン様、この巫女様はどこから連れて来てくださったのでしょうか？」

セーブルさんの言葉に、ガルン隊長が首を傾げた。

「駐屯地の巫女だぞ？　悪いが、この事態を知ったのも偶然で、俺にはまだ何も正式な連絡が来ていない。どこかから巫女を派遣してもらう余裕などなかったからな。あと数人、駐屯地の巫女が来る。必要であれば追加で王都へ巫女の派遣要請をするが」

すると、セーブルさんが首を横に振った。

「いえ、そういう意味では……駐屯地には下級巫女しかいないはずでしょう？　なのにその力は……」

はい。下級巫女ですよ？　ちょっと行き遅れて能力が向上してはいますが。

「その話は後だ。今は急を要する順に処理していく。まずは各門の閉鎖だ。説明する、集まってくれ！」

と、ガルン隊長が回復した兵たちを集めて話を始める。

えーっと、私、何してればいいんでしょう？

……といっても、魔力が回復しなければただの役立たずなんですけど。

いや、説明はできる。神殿に行こう。

あ、でも神殿の場所が分からない。他の町と造りが違うから。

「あの、誰か神殿の場所を知っていたら案内してほしいんですが」

私は近くにいた兵に声をかける。

室内訓練場の外には、すぐに動けるようにと、まだ病《やまい》を発症していない兵たちが集まっていた。その数二十名ほど。少ないっ。

「それなら妹に案内させよう」

一人の兵が兵舎の外に出て、すぐ隣の建物に向かった。

兵舎に住めるのは兵だけで、家族は住むことができない。そのため、兵舎の近くに、兵が家族と一緒に住める建物が用意されているらしい。領都ともなるとしっかりした建物がいくつも立っているんだな。

兵に付いて建物の一つに入る。兵が、一階の一番奥の部屋のドアをノックした。

「ミミ」

「お兄ちゃん？　よかった！　今日も無事ね！」

ミミと呼ばれた少女が、嬉しそうに顔をほころばせて部屋から出てきた。八、九歳くらいかな？

「このお姉ちゃんは？」

「ミミに頼みがあるんだ。このお姉ちゃんを神殿に案内してやってくれないか？　お前なら神殿の場所は全部分かるだろう？」

「うん、任せて。お姉ちゃん、どの神殿に行きたいの？　ミミ、見習い巫女だから全部の神殿を見に行ったことがあるんだ」

見習い巫女？

「ミミちゃん、見習い巫女なの？」

驚いた。だって、十歳には見えないよ？

「ミミは小柄ですが、もう十一歳になります。去年、巫女の能力があると言われて、見習い巫女として訓練を受けて一年は経ちます」

「もー、「小さい小さいって言わないでよ、お兄ちゃんっ！」

小さいとは言ってないだろう？　小柄だって言ったんだ」

兄の言葉に、ミミちゃんがぷぅーっとほっぺを膨らませた。

「じゃあ、俺は兵舎に戻るから、頼んだぞ」

「気を付けてね」

ミミちゃんが心配そうな顔で兄を見送った。ミミちゃんも、どんどん人が亡くなっているのを知っているのだ。

「ミミちゃん、訓練を受けているってことは、もう癒《いや》しは使えるのかな？」

私がそう尋ねると、ミミちゃんは悔しそうな表情を見せ、首を横に振った。

「ううん。早く癒《いや》せるようになれれば、一人でも病《やまい》の人が救えるんだけど……」

うつむくミミちゃんを、私はぎゅっと抱き締めた。

「大丈夫だよ」

周りで人がどんどん倒れ、亡くなっていく。誰も助けられない自分が悔しくて、悲しくて、情けなくて、辛くて……かつて自分が経験した気持ちをこの子も抱えている。

「それじゃあ、怪我や病気じゃなくて、疲れを取ってあげることはできる？」

ミミちゃんが嬉しそうに頷いた。

「うん。それはね、ミミ得意なんだよ！　お兄ちゃんが帰ってきたら毎日やってあげてるの。疲れたの飛んでけーって」

よし！　よし！

「じゃあ、ミミちゃん、お姉ちゃんもちょっと疲れてるから、お願いしてもいい？」

「分かった！　疲れたの飛んでけー……じゃない、えっと、【癒《いや》し】」

ふふ。言葉なんてなんでもいいんだけどね。

あー。あったかい。回復回復。魔力も回復したけど、何だろう、気持ちが温かくなった。ミミちゃんの優しさが魔力に混じってるみたいで、心地いい。

「さあ、神殿に行く前にひと働きしようかな」

私はミミちゃんの手を取って、兵舎に戻る。そして、その辺に倒れている人を手当たり次第癒《いや》していく。

「はー、疲れた。ミミちゃん癒《いや》してくれる？」

「あ、え、は、はいっ！　お姉ちゃん……じゃない、巫女様！」

「ふふ、お姉ちゃんでいいよ？　えっと、ハナっていうの。ハナお姉ちゃんって呼んで」

「うん。ハナお姉ちゃんの【疲れたの飛んでけー】！」

よし、回復。【癒《いや》し】、【癒《いや》し】、【癒《いや》し】、【癒《いや》し】っと。はー。

ピクリとも動けなかったのに、突然癒《いや》されて兵たちは茫然としている。私は彼らに声をかけた。

「元気になった人は働いてください！　各神殿で巫女たちが癒《いや》しまくります。えっと、今見てもらったように、たくさんの人をあっという間に癒《いや》しちゃうので、町中で動けなくなっている人をどんどん神殿に運んで――あー……と、町で動ける人に頼んで回ってください。兵の人は別の仕事があるかもしれないので、一応、訓練所に行って上官に指示を仰いでください」

勝手に兵にお願いごとをするところだった。危ない危ない。先走りすぎ。後のことはガルン隊長たちに任せるべきだよね。

兵舎から外に出ると、中央広場にたくさんの人が座り込んでいるのが見える。

あ、もしかしてすでに命をつないだ人たちが、上級巫女から完全回復してもらおうと待っているところ？

「おい、お前。まずは神殿で巫女様に応急処置してもらえ」

健康そうな男が重症患者に声をかけている。

マリーゼたちはすでに説明を終えたってことでいいかな？

となるとマリーゼは、上級巫女様のところに行ったのかも。

「ミミちゃん、上級巫女様ってどこにいるのか知ってる？」

「巫女の館《やかた》だよ」

巫女の館《やかた》？　占いの館《やかた》みたいね。神殿のようで神殿ではない、そんな建物があるのかな？

ともあれ、居場所がはっきりしていてよかった。

それに、貴族のなんとか様お抱えの上級巫女だと、貴族にお目通りがどうのとか大変だもんね。

領都の中央には領主の城。その周りに貴族の館《やかた》。その貴族の館《やかた》が立ち並ぶ区画の、一番大きくて立派な建物が巫女の館《やかた》だった。

「ありゃ……思っていたのとちょっと違う……」

立派な建物。立派な門構え。門の外には、槍を掲げた兵が二人。

私は彼らに近づいて声をかけた。

「あの、上級巫女様にお会いしたいのですが」

「怪しい女が、巫女様に何の用だ！」

ですよねー。これだけ立派だと、貴族にお目通りするみたいな手順いりますよね。困った。

っていうか、怪しいって失礼だよね？

「あのね、ハナお姉ちゃんもすんごい巫女なのっ！　怪しくなんかないんだから！　私も巫女見習いだし」

「嘘をつけ、怪しすぎる。その子供もまだ巫女能力チェックなど受けられない歳だろう！」

ミミちゃんがむっとする。うん、仕方がないよね。小さく見えるもん。でも、どうしよう……

あ、そうだ。マリーゼに言われてたんだっけ。本気を伝えるには目を見て話さないと。

眼鏡とマスクを外してお願いしなきゃ。

「お願いしますっ！　あの、私、駐屯地からガルン隊長と一緒にきた巫女です。大至急、上級巫女様にお会いして伝えたいことがあるんです！」

そう訴えると、先ほどまで怪しい怪しいと言っていた兵がびしっと背筋を伸ばした。

おお！　やっぱりちゃんと目を見て真剣に話をすると違うっ！　いや、単にガルン隊長の名前を出したからかな？

「本当か……」

首を傾げた兵二人が、ひそひそと話し始めた。

「緊急事態でガルン様が何か動いたのか？」

「ならば、通さないと問題があるんじゃないか？」

「だが、通して問題が起きても困るし……」

兵たちの言っていることは正しい。話を信じてホイホイ人を通すようじゃ、職務怠慢としか言いようがない。ああ、でも、今は時間が惜しい。

何か方法はないのか……。えーい、女は度胸！

「どちらの問題が大きいか、考えてください。私を通して起こる問題、それと……ガルン隊長の〝大切な巫女〟を拒否することで起きる問題」

嘘じゃない。……だって、ガルン隊長はそう思ってくれてるはずだから、嘘じゃないはず。だけど、私は大切にされてる巫女ですなんて、自分で人に言って回れるような自信もない。

でも自信がないからって、目が泳いじゃ駄目。はったりをかまさないといけないんだもの。

「ガルン様の大切な……」

う。うう。たぶん、はい。失うのは惜しい巫女と思ってくれているはずだから、間違ってないよ。

にこっ。

怪しまれないように、ひきつった笑顔にならないように、優雅に、頑張れ私の顔の筋肉っ！

「お、おい……やっぱり通したほうがいいんじゃないか？」

「ああ、だが……」

もう一押しか。

「ああ、それから、この子は見習い巫女で間違いありません。何なら神殿に、十歳には見えない見習い巫女のミミという子がいるか確認していただければ分かります。ミミちゃん、お疲れの二人を癒《いや》してあげて」

「あ、は、はい。……えっと、【癒《いや》し】を」

ふっと、兵たちの顔が明るくなる。

「ああ、疲れが取れた」

「人が少なくて三交代制が今は二交代制になっているから、疲れが抜けなかったんだが、楽になった」

私は二人の顔を見てにっこり笑いかけながら声をかける。

「お仕事、ご苦労様です。通していただけますか？」

「はい！　失礼いたしました！」

兵が門を開ける。

第一関門突破。私とミミちゃんは長い庭を進み、屋敷の前に立つ。

立派な扉に手をかけると、カギはかかっていないようで、簡単に動く。

あれ？　第二関門は？　屋敷に入るのにも誰かに許可を求めなければならないと思ってたんだけど？

「えーっと、失礼します」

うっわー。いかにもといった感じの屋敷だ。キラキラするろうそく立てが天井からぶら下がっている。あれ、シャンデリアっていうんだっけ？

そして広いエントランスの右側と左側に、二階へと続くカーブを描いた階段が伸びている。

すると、右側から黒髪の赤いドレスの女性、左側から赤毛の黒いドレスの女性が、一対の絵のように降りてきた。

「あなた方はどなたですか？」

「誰の許可を得て、入ってきましたの？」

この二人が上級巫女だろうか？

「初めまして、駐屯地で働いている下級巫女のハナと申します。この子は見習い巫女のミミです」

私とミミちゃんは、ぺこりと頭を下げる。

「まぁ、下級巫女ですって？　よくもまぁ、恥ずかしげもなく巫女の館《やかた》へと足を踏み入れることができましたわね？」

「ここは、選ばれた上級巫女だけが入ることを許された場所ですのに」

そうなの？　でも、上級巫女しか来ちゃ駄目な場所にいるということは。

「お二人が上級巫女様ですか？」

「あらやだ。そんなことも知らないなんて」

私の質問に女性の一人が嫌な顔をすると、ミミちゃんがこそっと耳打ちしてくれた。

赤いドレスの女性が、シャンティール様で、黒いドレスの女性がピオリーヌ様だそうです。

「失礼いたしました。火急《かきゅう》のお願いがあったため、準備不足は謝罪いたします。緊急事態ゆえ、足を踏み入れたこともお許しください」

私は再び、ぺこりと頭を下げる。

「ふふ、仕方がないわ。許して差し上げます。所詮は下級巫女ですものね。いろいろ知らなくても仕方がないというもの」

「それで、緊急事態ってなんですの？」

二人が階段の中段ほどから私とミミちゃんを見下ろして言う。

あの高さから下に降りてこないのは、病《やまい》を警戒してのことなのか。それとも別の理由があってのことなのか。

「はやり病《やまい》のことです」

「それが、どうかいたしまして？」

私の言葉に、シャンティール様は、つまらない話を聞いたかのようにふぅっと息を吐き出す。

「領都の人々が、次々と倒れて、亡くなった人も多くいるんです」

そう説明するけれど、ピオリーヌ様はあくびを噛み殺したような顔を見せる。

「そう。それで？」

何？　どういうこと？

「今、神殿で中級巫女様が応急処置を施《ほどこ》した患者が、中央広場に集まってきています。彼らを癒《いや》——」

そこまで言うと、突然シャンティール様が、パチンと甲高い音を立てて手に持っていた扇《おうぎ》を閉じた。

「なぜ、私たち上級巫女が、下々の者たちを癒《いや》さなければなりませんの？」

「そうですわよ？　私たち選ばれた上級巫女は、選ばれた方々のために存在しておりますの」

何？　私、全然言っている意味が分からない。

「上級巫女様は、力が強く、魔力も大きく……よりたくさんの人々を救うことのできる方では？」

だから上級巫女と呼ばれているんじゃないの？

「ふふ、そうね。あなたたち下級巫女とは比較にならないほど力が強く、魔力も大きいのよ」

「そう、だからこそ、高貴な方々をここで癒《いや》して差し上げることができるのよ」

ここで、高貴な方を？　その高貴な人の姿は見当たらない。

「ですが、ここには誰も癒《いや》すべき人がいませんよね？　だったら、領都の人たちを癒《いや》していただけませんか」

「黙らっしゃいっ！」

ひゅんっ、とピオリーヌ様の持っていた扇《おうぎ》が飛んできて、私のほおをかすめる。

痛っ。

痛みを感じたほおに手をやると、ぬるりとした感触。ああ、血が……

「あらあら、怪我をさせてしまったようね？　特別に癒《いや》して差し上げましょうか？」

ピオリーヌ様がくすくす笑う。なぜ、笑っている？

「何が、何がおかしいんですか？　巫女は人を癒《いや》せる人物のことですよね？　人を傷つけて笑うような人が本当に巫女なんですか？」

私は扇《おうぎ》を拾い、階段を上っていく。

そしてピオリーヌ様まであと三段というところまで来て、足を止めた。

「何が言いたいの？」

ピオリーヌ様が階段を上がってきた私を睨みつけた。

私が扇《おうぎ》をピオリーヌ様に向かって突き出すと、びくりと一瞬ピオリーヌ様の体が揺れる。

「本当に、あなた方は選ばれた人間なんですか？　本当は巫女ですらないのでは？」

「は？　何を言い出すの？」

どうしよう。どうしよう。つい、喧嘩《けんか》を売るようなことを言ってしまった。

でも、でも、止まらない。止まらないよ。悔しい。悔しい。

「何人、巫女の力で人を癒《いや》したんですか？　一人？　二人？　一度に何人癒《いや》せるんですか？　……きっと、今まで癒《いや》した人の数なら、私のほうがずっと多いはずです」

悔しいよ。私に上級巫女の力があれば、もっともっとたくさん救えたのに。

この人たちは……力があるのに、救おうとしないなんてっ！

「あははは。そりゃ、下級巫女ですもの。相手にしているのは下々の者たちでしょう？　でしたら多くの人を癒《いや》せるでしょうよ」

私は、対面の階段で笑い声をあげるシャンティール様を睨みつける。

「力を使えば使うほど、魔力は多くなり、能力は強くなる。巫女の力を数えきれないほど使った私と、巫女になってからほとんど使っていないあなたたち――」

視線をピオリーヌ様に戻して私は告げる。

「今は、どちらの力が上でしょう？」

「なっ……」

一瞬息を呑んだピオリーヌ様だけれども、すぐに私を見下すような表情に戻る。

「はっ、馬鹿馬鹿しい。下級巫女風情が、いくら魔力が上がろうとたかが知れているでしょう」

「そうですわ。能力だって、その程度の傷を治すのがやっとなんじゃないのかしら？」

シャンティール様が階段を下り、そして、私のいる階段を上がり始めた。ピオリーヌ様の横に並んで、私のほおについた傷を指で撫でる。

「【癒《いや》し】……ふふ、ほら、一瞬でしょう。下級巫女はこんな小さな傷を治すのにも、数秒……いえ、一分はかかるのかしら？」

「私たち上級巫女はね、骨折ですら一瞬で治すことができるのよ？」

「すごいでしょう？　驚いた？」

それくらいなら私にだってできる。ううん、できるようになった。……そう、八年能力を使い続けてできるようになったのだ。

でも、上級巫女たちは、初めからそれだけの強い力を持っている。そんな強い力を持っているというのに、どうしてっ！

「なぜですか……どうして、どうしてそんなに力を持っているのに、領都の人たちを癒《いや》してくれないんですかっ！　二人が癒《いや》していれば、死ななくて済んだ人もいたはずなのに……」

「言ったでしょう？　私たちは特別に選ばれた人間なのですもの」

「そうですわ。薄汚い庶民など、見たくもありませんわ」

ひどい。ひどい。ひどいっ！

「あなたたちなんて巫女じゃないっ！　ただ、癒《いや》しの能力があるだけの屑《くず》よっ！」

「は？　なんですって？　失礼にもほどがあるわ！　謝りなさい！」

しまった。本当に失言ばかり。怒らせるんじゃない、なんとかして領都の人たちを癒《いや》してもらわないといけないのに……どうにかして、彼女たちを動かさないと。

「そ、そうだ……勝負してください」

「勝負？」

二人が怪訝な顔をする。

「そうです。本当に上級巫女のお二人が、下級巫女の私より力が強いか……勝負してください」

私の言葉に、ピオリーヌ様が扇《おうぎ》を広げて口元を隠した。

「ふふふ、面白いことを言い出すわね」

「中央広場の前に集まっている人たちを何人癒《いや》せるか、癒《いや》した人間の数で勝敗を決めるんです」

シャンティール様が私の顎《あご》をくいっと持ち上げる。

「ふぅん。で、私たちが勝ったらどうするの？」

「あ、謝ります」

そう答えると、ピオリーヌ様が背を向けて階段を上り始める。

そして、シャンティール様の顔が私の目の前に来た。

「そんな浅知恵に私たちが引っかかるわけないでしょう？　勝負の名を借りて、私たちに下々の者を癒《いや》させるつもりね？」

私の顎《あご》をつかむシャンティール様の指が、ギリギリと食い込む。

「馬鹿馬鹿しい。勝負なんて、あなたが私たちに勝てるわけがないでしょ？　するだけ無駄よっ」

長い爪が皮膚《ひふ》を傷つける。この爪は、誰かを癒《いや》す人の手じゃない。

「行く末なんて決まっているのに、勝負なんてするはずないじゃない。それに、下級巫女に謝ってもらうなんて、勝ったとしても何のメリットもないわ」

にぃっと真っ赤な口が笑う。

そして、顎《あご》をつかんでいたその手が、私の首を押した。

あっ。一瞬の苦しさに思わず体をのけぞらせると、あっという間にバランスを崩した。

まずい、ここ、階段だ！　後ろに倒れたら、そのまま落ちる……！

「危ないっ！」

ダンッという地面を蹴る音と、聞き慣れた声が同時に聞こえた。

「大丈夫かっ、ハナっ！」

とすっと小さな衝撃が背中に走る。

ああ、ガルン隊長だ。

階段を転がって床に背中を打ち付ける前に、隊長が助けてくれたんだ。

顔を上げると、隊長の心配そうな目があった。ふふ、いつも心配かけるのは隊長なのに、逆に心配されちゃうのって不思議だ。

隊長は、私の無事を確認すると、そっと床に下ろしてくれた。ミミちゃんが駆け寄ってくる。

「よかった、ハナお姉ちゃん……！　びっくりした」

「ごめんね、心配かけて」

隊長が階段の上にいる二人を見上げる。

「勝負に勝った時のメリットがないと言ったな」

「ええ、確かに言いましたわ。私たちが勝つに決まっていますもの。勝負なんてしなくても結果が分かっているのに、するだけ無駄です」

隊長が振り返って私の顔を見る。無駄じゃない。そう伝えたくて小さく頷いてみせた。

「では、勝者にメリットがあればいいんだな？」

ガルン隊長が二人に問いかけた。

「ええ、そうですわね。仮にも勝負の名を借りて、癒《いや》しを行わせようというのですもの。上級巫女の癒《いや》しは高くてよ？」

お金を取ろうというの？

「く……」

悔しさのあまり小さな声をあげると、ガルン隊長の手が大丈夫だと言わんばかりに私の肩をトントンと叩いた。

「勝者には、次期領主の嫁の座を約束しようと言ったら？」

ガルン隊長の言葉に、二人とも色めき立つ。

「え？　次期領主って、まさか、侯爵令息様の妻に？」

「貴族の仲間入りが？　それも男爵なんてちんけなものではなく……？」

慌てたのは私だ。

「た、隊長、そんな約束できるんですか？　勝手にその令息さんの嫁にする約束なんて……っ！」

「大丈夫だ。その令息とは、俺のことだからな」

は？　え？　誰が、令息？

「あ、あなたが、令息？」

「まさか……」

うん、そうだよね、信じられないよね。騎士っていうだけでも制服着てなければ信じられないのに、その上貴族って言われても。領主の息子って言われても。

「えーっと、どこやったかな。邪魔だから持ち歩きたくないんだが、こういう時は役に立つな」

がさがさとポケットや胸元を漁《あさ》り、ガルン隊長が小さなコインの付いたペンダントと、指輪を取り出した。

「ほら、これが証拠だ。見えるか？」

上級巫女二人はガルン隊長がかざしたペンダントと指輪を見た途端、目の色を変えた。どうやら領主の子息だという証明になったらしい。

「次期領主の妻に」

「侯爵家の一員に」

彼女たちが、ぶつぶつとつぶやいている。

な、何それ。ガルン隊長と結婚したいって言っても、明らかに玉の輿《たまのこし》狙いで、まったくガルン隊長のこと見てないですよね。ガルン隊長はこう見えても、えーっと、粗野に見えても、うーんと、貴族っぽくないけど、その……

と、とにかく、優しいし部下思いだし、それから頭を撫でられると安心できるし、ピンチになったら身を挺《てい》して助けてくれるし、素敵な人なんですからね！　ちょっと子供みたいに怪我ばっかりしてたり、実は好き嫌いがあってニンジンを食べる時は涙目になってたりしますけど。あ、初めは、ニンジン残してたんですけどね。栄養を取らないと病気になりやすくなるとコンコンと説明させていただきました。説教とも言う。

「ふふふ、ガルン様は、私を妻に迎えたかったのですわね。こんな遠回しな方法を取らなくても」

「そうですわ。わざわざ下級巫女などを当て馬に使わずとも」

ほほほ、うふふと二人が笑う。ガルン隊長は彼女たちから視線を逸らし、私の耳元でささやいた。

「まぁ、というわけで、負けるなよハナ。あんな女が嫁になったら、俺、早死にしそうだ」

ガルン隊長が早死に？　殺しても死ななそうな隊長が？　それは、なんというか……頑張らなくちゃ。

ガルン隊長のよさも分からない人に、ガルン隊長は渡せない。あ、私のものではないですが、言葉のあやです。

「分かりましたわ。その勝負、受けて立ちましょう」

「まぁ、勝負と言っても、私とピオリーヌの一騎打ちみたいなものになるでしょうが……あら？　下級巫女も参加されますの？」

「はい」

私の返事など興味がないようで、すぐにピオリーヌ様とシャンティール様が睨み合う。お互いにライバル心を持ったようだ。二人で協力はしないんだ。

どちらにしても、これで町の人たちを癒《いや》せる。上級巫女二人にも癒《いや》してもらえるんだ。

「俺が見届け人になれればいいのだが、あいにくとまだやることが残っている。彼らに頼もう」

ガルン隊長が、見届け人として門番の二人を指名し去っていった。

門番の二人が姿を現したところで、中央広場へ馬車で移動する。

上級巫女の二人と、私とミミちゃん、それから門番二人だ。

「巫女様がおいでくださいました！　皆様、順番にお進みください」

すでに勝負の場は整っていた。

治療を待つ多くの人が、我先にと争うことなく整然と並んでいる。

小さな子が来れば、優先して前へ通し、足腰がふらつく者があれば手を貸している。争うような罵声も聞こえない。誰もが穏やかに譲り合いながら順番を待っていた。

中級巫女の応急処置に続いて、上級巫女が治療してくださる……それだけで、人々の心に落ち着きが戻ったのかもしれない。

馬車からピオリーヌ様とシャンティール様が姿を現すと、わぁーっと歓声があがった。

なぜ、今まで治療してくれなかったんだ、などという声はあがらない。どうしてなのか？

「ああ本当だ。上級巫女様が来てくださった」

「貴族の治療が終わったんだろう？」

「ワシら庶民のために、領主様が上級巫女様を派遣してくださったんだ」

聞こえてくる声になんとなく察した。そういうことになっていたんだ。

誰かがそう説明していたことで、巫女の館《やかた》に暴動が押し寄せないようにしていた。

「さぁ、皆さま、いらっしゃい。上級巫女である私が特別に癒《いや》して差し上げますわ」

ピオリーヌ様が扇《おうぎ》を持った手を掲げる。

「よろしくお願いいたします！」

先頭の老婆が深々と頭を下げた。

おっと、見ている場合ではない。私も治療を開始しよう。時間を無駄にするわけにはいかない。

「おお、すっかりよくなりました。ありがとうございます」

老婆の声に視線を向ける。さすがに上級巫女だ。早い。

私の前には、小さな男の子が来た。

「苦しかったね。もう大丈夫だよ。【癒《いや》し】」

「ありがとう巫女様」

元気に駆けていく子供の後ろ姿を見て口元が緩《ゆる》む。

「ミミちゃん」

私は、横に付いてくれているミミちゃんにお願いする。

「中級巫女たちが、かなり頑張って応急処置してくれたから、兵たちの重い症状から癒《いや》すことと比べたら、半分以下の力でできるみたい。だから、えっと、二十人数えて、私が二十人目を癒《いや》した後、私を回復してもらえるかな？」

「分かった」

打ち合わせを終え、私は二人目を呼ぶ。

「あーら、下級巫女は、やっと二人目？　ずいぶん丁寧に治療していらっしゃるのね？」

「私たちは、すでに三人目の癒《いや》しを終わりましたわよ？」

そう言って、二人が四人目の患者を呼ぶ。

嬉しくて思わず顔がほころぶ。どんな人間だとしても、さすが上級巫女だ。どんどん人々が癒《いや》されていくのを見るのは嬉しい。

さぁ、私も頑張ろう。

広場には次々と人が集まっている。中級巫女も、巫女見習いも、それから病人を探し回る兵たちも、皆がすごく頑張っている証拠だ。

「【癒《いや》し】」

二人、三人、四人、五人……そして、二十人目の治療が終わる。

「ハナお姉ちゃんの【疲れたの飛んでけ】」

ミミちゃんのホワンとした温かい癒《いや》しの力に包まれて、魔力が回復するのを感じる。

ああ、そういえば、上級巫女様たちはどうなっているんだろう？

様子をうかがえば、門番がピオリーヌ様に問いかけているところだった。

「十人目をお呼びしてもよろしいですか？」

「はぁ、はぁ……次が……まだ、十人目？　シャンティール様は今何人目を治療しているの？」

「シャンティール様は、先ほど十人目をお通ししたところです」

門番の答えにピオリーヌ様が扇《おうぎ》を床に投げつけた。

「負けないわっ！　負けるものですか！　呼びなさい、十人目を！」

彼女の額《ひたい》には汗が浮かんでいる。

十人目で、苦しそう？　……あれ？

私、二十人目だけど魔力切れにはなってない。まさか、私、上級巫女よりも力がついてる？

中級巫女レベルに力が上がっているかなぁとは思ったけれど。……まさかね？

ふと、マリーゼの治療を思い出す。あの時の彼女は、力をセーブすることが下手だった。これまで癒《いや》しを行った回数が少ないと言っていた上級巫女たちも、魔力のセーブが下手で効率が悪いから癒《いや》せる人数が少ないだけだよね？

ああ、そうだ。一応、一言声だけかけておこう。

「あの、私一人の力だとここまでです」

勝負の見届け人である門番に声をかける。

「ふっ、はぁ。そう？　ずいぶん粘ったわね？」

十人目の治療を終えたピオリーヌ様がこちらを見た。

「まぁ、一人目であれだけ時間をかけていたのですから、粘ったというよりは悪あがきで時間稼ぎをしていたと言ったほうがいいのかしら？　ふふふ」

はぁーと、ピオリーヌ様が馬車に戻りシートに腰かけた。

「私は十人癒《いや》しましたわ」

「私も、十人ですわ」

シャンティール様も十人目の治療を終えたようだ。

「引き分けみたいですわね」

「もう一人はさすがに……無理そうですわ」

二人はそう言って門番を見る。

「引き分けの場合はどうしたらよろしいのかしら？」

「ガルン様にお伺いを立てていただける？」

二人の言葉に、門番が首を横に振る。

「いいえ、引き分けではありませんので」

ガタンと、馬車を揺らしてピオリーヌ様が立ち上がる。

「なんですって？　もしかして、人数を数え間違えているとか？　勝ったのはどちらです？　私は間違いなく十人だったはずよ！」

すると、門番が私を見た。

「まさか、下級巫女のその子が勝ったと言うんじゃないでしょうね？」

シャンティール様が、門番に詰め寄る。

門番が口を開く前に、ミミちゃんが答えた。

「はい。ハナ巫女は、二十人癒《いや》しました」

「は？　二十人？　ありえないわ！　私たち上級巫女ですら、十人がやっとなのに」

「分かった、二人と間違えたんでしょう？」

門番一人に、上級巫女二人が詰め寄る。

「違うよ、ミミもちゃんと数えてたもん。二十人だった！」

「はっ。もし、その人数が本当なら、ずるしたに違いないわ」

ピオリーヌ様が、順番待ちをしている人たちに視線を向ける。

「あの人とあの人を連れてきなさい」

ピオリーヌ様が、二人の女性を指さす。

顔色が悪い。

「それから、あちらの列にいる人を連れてきなさい」

さらにシャンティール様が門番に命じる。

見れば、怪我人が並んでいる。怪我人を癒《いや》すのも巫女の仕事なんだけど、今回ははやり病《やまい》を優先して癒《いや》しているから列を分けたんだ。

「治療が必要のない人を紛れ込ませていたんでしょう？　それで人数だけ稼いだに違いないわ。本当に二十人癒《いや》せる力があるのなら、すぐに癒《いや》してみなさい」

シャンティール様の言葉を受けて、私は顔色の悪い女性を見た。どうやら、はやり病《やまい》以外にも病気を持っていそうだ。

「【癒《いや》し】」

少し多く魔力を消費したけれど問題ない。

「ああ、ありがとうございます。昔から悩みの種だった下腹部の痛みも楽になりました！」

そうか。女性ならではの血の病気を持っていたんだ。よかった、はやり病《やまい》がきっかけで別の病気も癒《いや》せて。血の病気は我慢している間に取り返しがつかなくなることがよくある。

思わずほっとして表情を緩《ゆる》める。

「はっ、一人癒《いや》したくらいで、何を勝ち誇ったような顔をしているのかしら？」

「二十人と言ったわよね？　さぁ、続けなさいっ！」

シャンティール様の言葉に、門番が小さく声をあげる。

「いえ、今までに二十人癒《いや》したので、さすがにその後さらに二十人というのは……」

門番の言葉に、私もそういえばと思い出す。

「なぁに？　二十人は嘘でした。証明できませんということ？」

「侯爵家のご子息様の妻を決める大切な勝負で、不正を働いたと認めるのかしら？」

門番の顔が青くなっている。そうですね。普通は、魔力がなくなるまで癒《いや》した後に、さらに同じ数だけ癒《いや》せなんて、無理に決まっている。

ピオリーヌ様も、シャンティール様も、今の状態では、たとえ王様に癒《いや》せと言われても癒《いや》すことはできないんじゃないだろうか。

でも、私はさっきミミちゃんに回復してもらったので、全然問題ないです。

というか、言い争っている時間がもったいない。

「【癒《いや》し】」

勝負なんてどうでもいい、目の前の患者を癒《いや》していくだけ。

次は怪我人たちですね。

「二人目ね。そろそろ限界でしょう？　降参してもいいんですのよ？」

シャンティール様が、怪我人に包帯を取れと命じた。

「こればかりは不正できませんわよ？　傷がふさがらなければ癒《いや》したとは認めませんからね？」

「ふさがるのが見えるほうが癒《いや》しは簡単ですけど、いいんですか？」

ふさがった時点で癒《いや》しをやめればいいんだから、魔力の調整がしやすい。そればかりか、全身に魔力を送り込まなくても、患部にだけ送り込めばいいのだから、かなりの魔力を節約できるのだ。

「か、か、簡単ですって？」

「はい。普段は駐屯地で怪我した兵を毎日のように治していたので、怪我の治療は得意分野なんです」

正直に答えたら、ピオリーヌ様にぎっと睨まれた。

「裂傷と骨折もありますね。【癒《いや》し】」

目に見える傷があっという間にふさがる。骨折も治すために少し多めに魔力を使う。

「ああ、耳がちぎれそうですが、まだ大丈夫でしょう。【癒《いや》し】」

完全にちぎれてしまうとさすがに癒《いや》せないけれど、つながっているならば大丈夫。

「動物に噛《か》まれて、毒も回り始めているようですね。【癒《いや》し】」

はやり病《やまい》のさなかにも治療に訪れる怪我人だけあって、症状はみな軽くはない。だけど、まぁ、本当に得意なので。命に係わるほどの重症じゃないなら、簡単です。

「えーっと、次の人で怪我の治療は最後でしょうか？」

次々に治療を続ける。

「ありがとうございました！」

最後の元気になった怪我人を見送る。

あ、そういえば途中から人数とかまったく気にしていなかったけれど、ミミちゃんに癒《いや》してもらってないから二十人に届かなかったかも。また何か言われるかな。

「さ、さ、三十六人ですって？」

シャンティール様が立ち上がって震えている。

「あ、あなた……さては、本当は上級巫女なんでしょうっ！」

怒りのせいなのか何なのか、扇《おうぎ》の羽が揺れるほどピオリーヌ様ががくがくと手を震わせている。

「すごい、ハナお姉ちゃん、三十六人も癒《いや》しちゃった！」

ミミちゃんの声が届く。

「これで、私たちが嘘を言っていないことが分かったでしょう。優勝はハナ巫女です」

門番が高らかに宣言した。

「一番多くの人を癒《いや》したのは、ハナ巫女で間違いない。ここにいるすべての人が証人です！」

もう一人の門番が、順番を待っている人たちに視線を送る。すると、パチパチと拍手が湧き起こった。

「すごい巫女様だ！」

「上級巫女様よりも力が強い、聖女様に違いない」

「聖女様！」

なんだかすごい単語まで飛び出してきた。

せ、聖女？　ち、違う違う。

行き遅れでちょっと能力が上がった下級巫女ですよ。もしかすると能力再チェックで中級巫女になれるかもしれないけど、下級巫女ですっ。

ブルブルと震えていたピオリーヌ様が扇《おうぎ》の先を私に向けた。

「分かったわ。さては、ガルン様の妻の座を得たくて、わざと私たちに勝負をけしかけたのね！」

は？　ガルン隊長の妻の座を得て、何の得があるの？　結婚したら巫女の力がなくなってしまうというのに……

「私、駐屯地では行き遅れ巫女と呼ばれています」

突然の話題に、シャンティール様が口をかぱっと開けた。

「その顔で？」

顔は関係ないと思うんですが、もしかして、年齢より若く見えてます？　ミミちゃんみたいに？

「この顔で、もうすぐ二十四歳になります」

「に、二十四？　どうして、行き遅れて……やはり、ガルン様の妻の座を狙っているのね」

いやいや、そこから離れよう。離れようね？

「十五で巫女になってから毎日毎日魔力が切れるまで癒《いや》しを行っていたら、少しずつ魔力も能力も増えました。そして行き遅れるまで毎日魔力を使って、やっとこれだけの力になりました」

私は、ぐっと、こぶしを強く握り締める。

「私が、もし、本当に上級巫女だったら……いいえ、〝もし〟なんて話をしても仕方がありません。お二人は上級巫女ですよね？　上級巫女であるお二人が、私のように毎日魔力が切れるまで何年も癒《いや》しを行っていたら……聖女様の力を超えられるかもしれないのに。どうして、癒《いや》しの力を使うことを惜しむのか、私には分かりません」

ピオリーヌ様がはっと口を押さえる。

「私が、聖女様を超える？」

「そ、それって、王様のところで働けるってことですわよね？」

シャンティール様が身を乗り出す。

「私にはよく分かりませんが……。少なくとも、今これだけの患者がいます。何度も魔力が尽きるまで癒《いや》しを行うには、とてもよい条件がそろっていると思いますよ」

「でも、魔力が回復するには半日はかかりますわ！」

「一日二度が限界ですわね」

残念そうな顔をする二人に、私は手をかざす。

「【癒《いや》し】」

「え？」

「あら？」

驚く二人ににこりと笑ってみせる。

「疲労回復の癒《いや》しをかけてもらえば、魔力も回復します。これは、最近発見したことですので、他の上級巫女はご存知ありません」

「と、いうことは、私たち……」

「何十回、何百回どころか、何千回だって癒《いや》しを行えるってことね？　それで、どんどん能力が上がったら、いつかは聖女に……」

どうなんでしょう。能力も魔力もいくら頑張っても限界値があるかもしれないし。

兵たちを見ていると、訓練をどれだけ頑張っても、上達の仕方は人それぞれ。あっという間に上達する人もいれば、人一倍努力しても上達の遅い人もいる。早々に限界が来る人もいれば、限界知らずの人もいる。魔力や癒《いや》しの能力も、そういった肉体的な向上と同じように個人差があるかもしれない。潜在能力までは分からないのでなんとも言えないけれど。

「早く、次の患者を連れてきなさい！」

「こちらにも、そうね、一度に十人ずつ通しなさい！」

ピオリーヌ様とシャンティール様が、意欲満々で人々を癒《いや》し始めた。

聖女になれるかどうか分からないというのは黙っておく。今は、能力を上げて聖女になるという邪《よこしま》な気持ちでもいい。領都の人たちを癒《いや》してくれるなら。

「ミミちゃんも【癒《いや》し】。……ミミちゃんは十回が限界だったわね。ピオリーヌ様とシャンティール様は十人癒《いや》したら、私は二十人癒《いや》したら、ミミちゃんが癒《いや》して。ミミちゃん自身は九回使ったら教えてくれる？」

「はい。分かりました！」

「ミミ、癒《いや》してちょうだい」

「私もよ、ミミ！　早くしなさいっ！」

人使い荒いし、上から目線。でも、下々の者たちを癒《いや》すなどありえないと言われるよりはいい。

その後、三人で、すごい勢いで中央広場に集まった人たちを癒《いや》していった。

そういえば、マリーゼはどうしたのだろう。ここに来るはずだったんだけど、何か不測の事態でも起きたのかな?


やがて、辺りが暗くなり始めた。

広場にはまだ人が集まっているけれど、不眠不休で働けば効率が悪くなる。

いったん巫女の館《やかた》に戻り、食事と仮眠を取ることになった。巫女の館《やかた》に戻ると、すでに温かい食事が用意されていた。

「私たちもいいんですか?」

「もちろんですよ」

上品な初老の女性が、スープを器《うつわ》によそってテーブルに並べていく。

「ありがとうございました。巫女様のおかげで、こうしてまた、食事をふるまうことができます」

そうか。この女性も病《やまい》で倒れていたのか。

「聞いたぞ!」

バタンとドアが開いて、ガルン隊長が入ってきた。

「勝者は、ハナだってな! 信じてたぜ!」

ガッツガッツと、勢いよく私のもとに歩み寄る。

そして、私のわきに両手を差し入れ、持ち上げた。子供に高い高いするように。

「我が花嫁！　式はいつにする！」

やーめーてーっ！　もう、いろいろな意味でありえない。

「ちょ、嫁？　え？　ハナ先輩、ど、ど、どうなってるんですか？」

そこに、マリーゼがやって来た。

「勝負はもう、なかったことでいいですよね？　ね？　ピオリーヌ様、シャンティール様！」

助けを求めるように、私は二人に視線を送る。

もう、勝負の名を借りなくても癒《いや》しを施《ほどこ》す気はありますもんね？　そうですよね？　私が勝ったとか負けたとか、関係なくなりましたもんね？

「あら、勝者は間違いなくハナ巫女ですわよ。ずるをしたと疑って申し訳なかったわ」

「そうですわね。遠慮なくガルン様に嫁いでくださって構わないのですよ？」

え？　何その、手のひら返し！　めっちゃガルン隊長の妻の座狙ってたよね？

もう全然興味ありませーんって、どうして？　ああ、聖女になって王族に嫁ぐ夢ができたからか。

いやいやいや。待って、私がガルン隊長の妻とか……

嬉しそうに私を抱き上げ続けるガルン隊長の顔を見る。なんで、そんなに嬉しそうな顔してるんですか！　ピオリーヌ様やシャンティール様と結婚しなくて済んだからって、さすがに喜びすぎ。

ちょっとだけ、なんか、私と結婚することが嬉しいんじゃないかって、勘違いしそうなくらいだ。

「何の勝負ですか！　やめてくださいっ！　いくらなんでも、ハナ先輩を賭け事の賞品にするなんてひどすぎます！」

マリーゼがガルン隊長の腕に手をかける。

「あ？　ハナを賞品？」

ガルン隊長がやっと、私を椅子に下ろしてくれた。

「違うぞ、賞品は俺な。俺」

ガルン隊長の言葉に、マリーゼがジト目をする。

「ガルン隊長が賞品で、ハナ先輩が勝負するわけないじゃないですか」

「……」

マリーゼの言葉に、ガルン隊長が口をつぐむ。

「ですよね、ハナ先輩！　ガルン隊長が賞品なんて、欲しくないですもんね？」

はい。返品します。いりません。

私はコクコクと頷く。

「いら……ない……」

ガルン隊長がよろよろと後退する。

あ、いや、別にガルン隊長だからいらないというんじゃなくて、誰とも結婚しないっていう意味で……

「ハナ先輩は、氷の将軍に一途《いちず》なんですからっ！　もうっ！」

マリーゼがぷりぷりと怒りながら、空いている席に座った。すぐに食事が目の前に並ぶ。

マリーゼは、いつまでも暗い顔をしているガルン隊長を無視して、私の顔を見た。

「ハナ先輩、来るのが遅くなりました。西の巫女様がお亡くなりになっており、私はそこで代わりを……」

そうなのか。巫女が一人亡くなってしまったんだ……

「ふぅん。では、明日は私が西の神殿に参りましょう」

ピオリーヌ様の言葉に、シャンティール様がはっとする。

「あなたが外へ行って癒《いや》しを行うなんて……」

「ふふっ。ここに来るのは、応急処置をされた患者でしょう？　応急処置をされていない患者を完治させれば、魔力の減りも早そうですし」

にやっとピオリーヌ様が笑う。

「あ、ずるいですわ！　そういうことでしたら、私が参ります！」

ガルン隊長が、不審な目をして私の耳元で尋ねてきた。

「おいハナ、どうなってんだ？　なんだか、その、勝負前とずいぶん言ってること違わないか？気位の高い上級巫女が領都民のために神殿に行きたいなんて……」

「理由は、後で教えます」

「まあ理由はなんであれ、助かる。しばらく西の神殿への巫女の派遣は難しいかもしれない。となると、はやり病《やまい》収束ののちも、どちらかが西の神殿に……」

ガルン隊長の言葉に、再び二人が言い合いを始める。

「私が！」

「いえ、私が！」

もう一度ガルン隊長が私の耳元で言葉を発した。

「おい、ハナ、これはこれで、なんか困るんだが……」

知りませんよ、そこまでは！　私のせいじゃないですっ！

なんでもかんでも私になんとかしてもらおうとか、やめてくださいっ！

「ガルン隊長、ハナ先輩に何を言ったんですか？　ハナ先輩、迷惑そうな顔してますけど！」

「いや、マリーゼ、俺は別に、その、迷惑をかけるようなことは……」

いいえ、なんて言うか、もう、皆さん、静かに食事しませんかね？　仮眠を取ったらまた怒涛《どとう》の癒《いや》しタイムが始まるんですよ？

……と、話し合いの結果、明日は中央広場で私とマリーゼとミミちゃんで癒《いや》しを行うことになった。

そして、上級巫女は二人とも神殿で癒《いや》しを行うことになりました。はい。西と東に分かれて行きました。無事に収まってよかった！


翌日。

昨日は、たまりにたまっていた患者たちで中央広場はごった返していたけれど、二日目となると、その数は激減していた。とはいえ、切れ間なく患者は訪れる。

あれ？　さっきからずっと遠巻きに一人の少女がこちらを見ている。

十三、四くらいの女の子で、薄茶の長い髪をみつあみにしたかわいい子だ。薄桃色のワンピースを着ている。

どうしたんだろう。治療の列に並ばないのかな？　誰かの付き添い？　顔色が悪いようだけど……。大丈夫かな？

気にはなったけれども、目の前にいる患者の癒《いや》しで手一杯で、すぐに少女のことは忘れてしまった。

「【癒《いや》し】」

一人癒《いや》すたびに、笑顔が増える。

「ありがとうございます」

お礼を言われるたびに、力が湧くようだ。

「【癒《いや》し】」

「助かりました。巫女様、どうぞ、受け取ってください」

「ありがとう」

私は町の人から差し入れられたサンドイッチを見て、空を見上げる。太陽はすっかり真上。そういえば、すでにお昼の時間だ。

「少し、休憩を取りましょうか。私たちが倒れてしまっては、助けられる人も助けられません。幸い、こちらに来るのは応急処置をされた人たちですし」

患者の案内をしてくれていた兵——巫女の館《やかた》で門番だった人が「分かりました」と患者たちを通すのをいったんストップしてくれる。

早くしてくれといった不平の声はなかった。

それどころか、座ってサンドイッチを食べ始めたら別の人がスープを差し入れてくれる。

「どうぞ、巫女様。ごゆっくり休んでくだされ」

と、フルーツを持ってきてくれる人もいた。

「ありがとうございます」

マリーゼは頭を下げた後、私に向き直る。

「ハナ先輩。私、休憩なんてせずに必死に一刻も早く皆に癒《いや》しをしないといけないと……そう思ってました」

「うん、私も昔はそう思ってた。でも、命に係わる人がいれば別だけれど、そうじゃない場合は、私たち巫女も休まないと駄目だって……ガルン隊長に叱られたことがあるの」

アレは、いつだったかなぁ？

そうだ、確か配属されて五年目くらいだった。ずいぶん巫女の力が強くなって、どんどん癒《いや》せるのが嬉しくなってきたころだ。

『癒《いや》します、次の人』

『あー、これ頼む』

テントの中に入ってきたのはガルン隊長だった。

腕に大きなあざができていた。手を伸ばしてそっと触れた途端に、ガルン隊長が私の手をぐっと握る。

『いや、やっぱりいい。癒《いや》しはいらない』

『え？』

ガルン隊長が、もう片方の手を私の額《ひたい》に置いた。

『思った通りだ。ハナ、お前熱があるだろう』

『熱？　そういえば、なんか少しぼーっとすると思って……なんで分かったんですか？』

ガルン隊長の姿が、ぼやぼやっと目に映る。

ああ、はっきり見えないのは眼鏡が曇っているせいじゃなくて、熱のせいか……

『こんなに熱い手で触れられて、気が付かないわけないだろう！』

でも、他の患者は気が付かなかったけどなぁ？

『すみません、すぐに別の巫女に癒《いや》してもらいます……』

立ち上がろうとしたら、足に力が入らなかった。あれれ……

どさっ。

倒れそうになった体を、ガルン隊長に受け止められる。

『馬鹿が。癒《いや》してもらって、また治療に戻る気か？』

『はい。少し熱を下げてもらえれば大丈夫です。ガルン隊長、すいませんが、別の巫女のところに運んでいただければ……と』

『あほっ。無理するな。巫女は呼ぶが癒《いや》しを続けさせるためじゃない。お前は、今日から五日間は休みだ。ゆっくり治せ。お前がいつも兵に癒《いや》しを行う時と同じことだ。ちゃんと時間をかけて治さないと。……毎回わざと力を抑えてるだろ？』

頭がふわふわっとする。

『あー、知ってたんですか……。なんか、骨折とかすぐに直したら、逆に骨が弱くなっちゃうみたいなんですよね……病気も、症状は治せても、体力が戻らないとか、食欲が戻らないとか、やっぱり時間が必要なこともあるみたいで……』

そう言うと、ガルン隊長の大きな手が私の頭の上に乗って、ぐりぐりぐりと撫でられる。

髪の毛がぐちゃぐちゃになると文句を言いたいけれど、まるきり口が動かない。

『休め。ゆっくり。むしろ、ハナは働きすぎだから、五日はちゃんと休め。これは、隊長命令』

そんな、五日もいりませんよと、苦情を言いたくても、やっぱりぼんやりして言葉が出てこない。

『あのな、今日のハナは、一人の治療にいつもの倍は時間がかかってたぞ？　調子が悪いと効率が悪い。分かるか？』

え？　倍の時間？　そうなんだ。

『休むことに罪悪感を覚える必要はない。必要な休息は取るべきだ。そのほうが効率が上がる。分からないなら、具体的に教えてやろう。一時間かかる治療が二時間かかるようになる。二時間の治療なら四時間かかるだろう？　だが、三十分の休息でペースが戻るなら、二時間の治療は二時間半。

つまり、四時間と比べれば一時間三十分も早く……ああ、寝たか。ったく、ハナ、すまん。もっと早くに気が付いてやるべきだったな……』

そうそう、あの後しっかり五日休まされたんだよね。もう最後の日は退屈すぎて逆に体調が悪くなりそうだった。

「えーっと、つまりね。私もマリーゼも、ミミちゃんに癒《いや》してもらって表面上疲れは取れてるし、魔力も回復してるんだけど……骨折した骨は癒《いや》しでくっついても、時間をかけて治した時よりも骨がもろくなって、また骨折しやすいとか、そういうことがあってね」

ミミちゃんもマリーゼも真面目に私の話を聞いている。

「だから、いつも全力で完治させればいいというわけじゃなかったんですね！」

マリーゼがキラキラした目で私を見ている。

「ハナ先輩。私よりずっと魔力も能力も高かったのに、なんで患者を完治させなかったんだろうと思っていたんですけど。……能力を隠してたんじゃなくて、考えて治療をしていたからなんですね！」

あ、なるほど。

駐屯地でも私は完治させてなかったから、私の能力のこと、マリーゼは今知ったんだ。だからそんなにびっくりしてるのか。

ミミちゃんに回復してもらうまでに、私は二十人くらい癒《いや》してるけど、マリーゼは五人くらいだったし。

下級巫女としてはちょっと能力あるんですよ。ベテランだからね。

「すごいんですよ、ハナ巫女は。昨日も上級巫女の二人に勝ったんですから！」

「上級巫女に勝った？　ミミちゃん、詳しく！」

ミミちゃんが目をキラキラさせて私の話を始めると、マリーゼがそれに食いついた。

いやいや、あの時はなんていうか……ちょっと、ミミちゃんの話を聞いているといたたまれない。

絶賛しすぎ、話を盛りすぎじゃないかしら？　マリーゼも、感激しすぎだと思うの……

居心地の悪さに、そっと場を離れる。

ふと、視線を向けられていることに気付いた。

「あ」

あのみつあみの少女がまたこちらを見ている。

睨んでいるような、何か言いたいことを隠しているような……それとも辛さに耐えているのか、ぐっと口を引き結んでこちらを見ている。顔色は相変わらずいいとは言えない。

あの子は治療してもらう人の列には並んでいなかった。あれからずいぶん時間が経っているはずなのにここにいるということは、誰かの付き添いというわけでもないのだろうか？

「どこか悪いの？」

私は怖がらせないようにゆっくりと近づいて、少女に話しかける。

「顔色が悪いわ」

「どこも悪くなんかない」

熱を測ろうと、私よりも頭半分くらい背の低い少女の額《ひたい》に手を伸ばすと、ぴしりとはねのけられた。

「ねぇ、なぜあなたは聖女じゃないの？」

え？

一般の人には、能力の違いがよく分からないんだろうか？

どう説明しよう。

「私は、魔力も能力も低かったから聖女じゃないのよ」

「嘘、たくさんの人を癒《いや》してるじゃないっ！」

ギッと、少女が睨んできた。

「本当よ。私は……もっと力が欲しかったけれど、十歳の能力検査で下級巫女程度の力しかないと言われたの」

私の言葉に、少女が少し驚いた顔を見せる。

「下級巫女？　だって、巫女の館《やかた》の巫女でしょう？　巫女の館《やかた》にいるのは上級巫女よね？」

ああ、もしかして上級巫女に用事が？　だから、ずっとこちらを見ていたのだろうか？

「上級巫女のピオリーヌ様とシャンティール様は、西の神殿と東の神殿に行っているのよ。その間、私とマリーゼが代わりにここにいるの」

「じゃあ、本当に、あなたは下級巫女なの？」

少女に動揺が見える。

「下級巫女って、そんなに力があるの？　だったら、聖女はどれだけの力を期待されてるの？」

「あの、私の場合は下級巫女として働いてもう八年経っていて、十歳の時よりは格段に力が上がっていると思うから、もしかすると、なりたての中級……いえ、上級巫女と同じくらい能力が上がっているかも」

さすがに言いすぎかな？　とは思ったけれど、実際ピオリーヌ様たちとの勝負には勝つことができた。……とはいえ、ピオリーヌ様たちが力の効率的な使い方を身につけたら勝負にならないかもしれないけれど……

「なりたての上級巫女よりも上？」

「ふふ、言いすぎたかもしれないわね。さすがに、そこまで能力は上がってないと思うけれど、他の巫女の力を借りれば、多くの人を救うことができるのよ。もしかすると、聖女様一人なら、私とミミちゃん――えーっと、下級巫女と巫女見習い二人セットのほうが、多くの人が救えるかも……なんて言うのは、さすがに失礼かな。聖女様がどれだけすごい力を持っているか知らないから――」

「聖女なんて、すごくないっ！」

突然、少女が激高した。

えっと、何か聖女様に恨みでも？

まさか、聖女様のいる王都でも、この領都みたいなことが起こっているとか？

聖女様が下々の者の治療ができないとか言って、少女の大切な誰かの命が失われたとか？

まさかね？　……いや、まさかじゃない可能性もある。

他の巫女に魔力を回復してもらうという方法を取らなければ、いくら多くの上級巫女や聖女様がいたとしても……王都すべての人を救えるとは思えない。

王都は大丈夫なのだろうか？　急に背中に冷たいものが走る。

そうやって考え込んでいる間に、目の前にいた少女の姿は消えていた。不思議に思ったけれど、今はやるべきことに集中しよう。

「マリーゼ、再開しましょう」

「はい！　ハナ先輩！　ミミちゃんも頑張ろうね！」

「任せて！」

気を取り直して癒《いや》し始めるけれど、不安で胸の奥がもやもやとする。

目の前にいる患者たちは、昨日の治療も知っているから、表情は明るい。治るという希望。大丈夫だという安心感。領都から死の影は去ったと、安堵していることが表情から見て取れる。

もう、大丈夫なんじゃないだろうか、領都は。ガルン隊長に王都へ出発しようと言おう。

ん？　待てよ？　何か忘れてる？　えーと……まぁ、今はいいか。


日が落ちるころ、二日目の治療は終了した。

「お疲れ様でした」

ミミちゃんはお兄さんが迎えに来て帰っていった。ミミちゃんのお兄さんと入れ替わりにマーティーが姿を現す。巫女の館《やかた》で一緒に食事を取るためだ。

「マーティーもお疲れ様。町の様子はどう？」

「だいぶ、落ち着きました。動ける兵の数が増えたので、動けない人がいないか隅々まで見て回れるようになりました。後は、まだ症状が現れていない人がどれだけこの後発症するかですが、やる気のある上級巫女がすぐに癒《いや》してくれるでしょう」

「そう、よかった……だったら、もう領都を離れても大丈夫そうね。ガルン隊長は？」

領都は私たちがいなくても大丈夫そうだと伝えよう。

「兵舎でしょうか？」

「兵舎ね。ちょっと行ってくるわ！」

そう言って向かおうとすると、マーティーが私の手をつかんだ。

「待って、送ります！　一人は危ない」

危ない？　何がだろう？

「大丈夫よ。すぐそこだし。それよりも、明日の朝には領都を出発することになるかもしれないから、マリーゼと一緒に荷物の準備をしてもらってもいい？」

お願いすると、マーティーが戸惑いの表情を見せる。ん？　明日出発に驚いたのかな？

すると、マリーゼが代わりに答えた。

「はい！　ハナ先輩分かりました！　さぁ、マーティー、荷物荷物！」

マリーゼは明日出発に乗り気のようだ。

「マリーゼ巫女、僕は、ハナ巫女を送らないとっ」

「一人で本当に大丈夫」

ひらひらと手を振って、私は巫女の館《やかた》を出る。

「マスクと眼鏡は取っちゃ駄目ですよっ！　ハナ巫女、ハナ巫女っ！」

「ハナ先輩、眼鏡とマスクは取って兵舎に行ってくださいっ！　取って！」

後ろからマーティーの声と、それに反対するマリーゼの声が聞こえる。

「駄目ですっ！　ハナ巫女っ！」

「うるさいわね、マーティー！」

うん、二人がなんか楽しそうに言い争っている。

なんだか、いい雰囲気？　ふふっと、楽しくなって巫女の館《やかた》を振り返る。

トンッ。

「あ、すみませんっ」

後ろを見ていたので、誰かにぶつかってしまった。

「いや、こちらこそすみません。人を探していたもので……」

あれ？　この声？

振り返ると、見上げるほど背の高い男の人が目の前にいた。絹糸のように美しい金の髪を持つ色男。澄んだ青い瞳は、あの時と違ってしっかり焦点が合っている。

「あなたは……」

以前、駐屯地の近くで助けた男の人だ。

男の人の整った口元が、私の姿を見て驚きの声をあげた。

「これは巫女様……このたびは、ディリル領都をお救いくださりありがとうございます」

どこかで、私が巫女として癒《いや》していたのを見ていたのだろうか。言葉から察するに、あの時の巫女だと気付いたわけではないようだ。

綺麗な所作で膝を折ってお礼を述べる男の人。服装は、どこにでもいる旅人のようだけれども、洗練された動きがただの旅人ではないことを示している。

「あの、背中の傷はもう大丈夫ですか？」

前会った時は血まみれだったけれど、今は上等な布で作られた服を着ていた。

そういえば、貸してくれたマントもずいぶん立派な品だった。

「あ、マントをお返ししないと」

私がそう言うと、膝を折って頭を下げていた男の人が、はじかれたように顔を上げた。

「ああ、もしや、あなたが……我が聖女」

ん？　聖女？

どういうことだろうと疑問に思いつつも、私は話を続ける。

「えっと、ずっと心配そうにそばから離れなかったルシファーが、無事にあなたを運んでくれたのですね」

男の人は、まるで高貴な者にするように、膝をついたまま、直角に曲げた左腕を背に、右腕を胸の前に当てた。

騎士の最敬礼だ。

「あ、いえ、立ってください。私は、えっと、ただの下級巫女ですから」

「下級巫女？」

男の人が目を見開く。

「いや、下級巫女が治せるような傷ではなかったはずだ。私はあの時、死を覚悟したのですよ」

確かに、森の中で誰にも見つからずに血を流し続けていたら命が危なかったかもしれない。

とすると、命の恩人ということで感謝されるというのも分からなくはないけれど……

最敬礼を崩さない男の人の視線の高さまで、私は腰を落とした。

「運よく、通りかかることができてよかったです。あの、私は巫女ですから。怪我した人を癒《いや》すのは私の使命です。何も特別なことをしたわけでなく、当たり前のことをしただけで……」

そこまで言うと、男の人が私の顔を見る。

その目は真剣だ。そんな目を向けられているのに、私は眼鏡越しで目はさらさないとか……さすがに失礼だろうか。

「当たり前と、我が聖女はおっしゃるのですね。そう、あの時も、望みは人を救うことだと……」

うん？

さっきは何か聞き違えたかと思ったけど、やっぱり、聞き違いじゃない。

「あの、私、聖女とかじゃないんで、えっと、そのっ」

聖女なんて言われて、気恥ずかしくって顔が、今赤いよね。眼鏡外せないよっ……

「ああ、いえ。失礼いたしました。私が勝手に、心の中で呼んでいたのです……いつかまた、お会いしたいと、ずっと……。あの温かい癒《いや》しで私の命をお救いくださった、名前も知らない巫女様に」

ああ、そうか。そういえば名前も知らないものね。心の中で〝血まみれだった男の人〟とずっと呼ぶのは変だもんね？　だからって、〝聖女〟は、本物の聖女様に申し訳ないから、本当にやめてほしいけれど……

「えっと、感謝していただけるのはとても嬉しいです。マントを返さないといけないので、私も会いたいと思っていました」

でも、あいにくとマントは駐屯地のテントの中だ。

どうしようかと考えていると、男の人の空気が急に変わる。すごい勢いで立ち上がり、右を向いた。

「すみません、今探していた人物を見つけた気がしまして……お礼はまた今度お会いした時に」

そういえば、誰か人を探していると言っていたっけ。

「お礼は気になさらないでください。それより、見失わないうちに行ってください」

「ですが……」

男の人が申し訳なさそうな顔をする。本当にお礼なんて別にいいのに。

でも結局、私の言葉に小さく頷いて、風のように駆け出した。

ああ、本当に元気になっている。あんなに素早く動けるんだ。よかった。

しかし、焦った。聖女だって。びっくりした。焦って汗が噴き出て眼鏡が曇っちゃったよ。

このあたりは薄暗いし、曇った眼鏡をかけてたんじゃ視界が怪しくなる。眼鏡を外してポケットに入れておこう。ああ、眼鏡のつるに引っかかってマスクが。後で直そう。

そういえば、ガルン隊長を探しに兵舎へ向かう途中だったことを思い出す。

「ガルン隊長でしたら、もうここにはいません」

兵舎で声をかけた兵の返答を聞いてがっかりする。

「えっと、どこにいるのか分かりますか？」

「わ、私が案内いたしましょう！」

「待て、お前はまだ仕事が残っているだろう、俺が案内してくる」

「いやいや、失礼があってはいけない。ここは、一兵卒ではなく、ある程度地位のある……」

と、兵たちがなぜか誰が案内するかでもめ始めた。そこへ、大慌てで人が駆けてくる。そして、バタバタとした足音が私のすぐ前で止まった。

「ああ、ガルン様の大切な巫女様、領都の救世主が……」

はい。ガルン隊長の駐屯地で勤務している巫女です。……救世主は大げさですよ。

現れたのはセーブル副隊長だ。現在の兵舎でのトップの人のはず。

「ガルン様をお探しということでございますね。私が案内いたしましょう」

「えっと、場所を教えていただければ一人で行けますけど」

そんな偉い人に案内を頼むのは申し訳ないと断れば、首をぶんぶんと横に振られた。

「いえ、すぐに馬車を用意させていただきます。おい、頼む」

馬車？　ガルン隊長、どっか遠くに行ってるの？　馬に乗って移動しないといけないほど遠い場所なら……案内してもらわないと駄目か。


馬車に乗せられました。

セーブル副隊長の乗った馬と、それから他に四名ほどの馬に乗った兵が馬車を囲んでいる。

うーん、皆、ガルン隊長に用事あったのかな？　なんか厳重に警護されていて、要人みたいな扱いなんですけど。誤解されそう。

ガラガラと進んだ馬車が、すぐに止まった。ん？　これなら歩いて行ける距離だよね？

「巫女様、ご案内いたします」

馬車のドアが開くと、巫女の館《やかた》など比較にならないくらい大きな建物がデデーンとそびえたっている。

これ、えっと、城とかいう類《たぐい》の建物なのでは……。な、なぜ、城に……

顔面蒼白で、誰かに助けを求めようときょろきょろする。すると、馬車から降りる貴賓《きひん》をエスコートする騎士みたいに、セーブル副隊長がすすすっと手を差し出してくださいました。……何事！

ちょっと待って、私、何か忘れてる気がする。うん。記憶をぐぐっと思い出す。

そう、確か、上級巫女との対決になった時に、賞品として領主の息子の嫁の座がかかって……

その領主の息子が、ガルン隊長……

そうだ、思い出した！　ガルン隊長って領主子息で、今目の前にある城は領主の城、つまりガルン隊長の家なんだ。そっか、隊長は単に家に帰っただけなんだね……

「あ、あのぉ、私、その、今すぐっていうほどの用事でもないので、兵舎にガルン隊長が来た時にでも話があると伝えていただければ……」

腰が引ける私に、セーブル副隊長が小さく首を横に振った。

「領主様がお待ちです」

セーブル副隊長の言葉に、息を呑む。ガルン隊長じゃなくて、領主？

わけが分からないまま、馬車を降りる。すると十人ほどの侍女に周りを囲まれ、部屋に案内された。

「どうぞ」

どうぞって、まさか、そんな、いきなり領主様とご対面なんてっ。

焦る私の目に飛び込んできたのは、マリーゼだった。

「ハナ先輩、いらっしゃい！」

彼女はすっかり貴婦人のように服装を整えている。

「ど、どうしたの？」

「それが、今回の働きに対して、お褒めの言葉を領主様から賜《たまわ》るそうで……」

領主様からお褒めの言葉？

「で、ここに連れて来られて、巫女服のままではちょっと、ということで……」

自分の服を見下ろす。確かに、一日働いた後の巫女服には、怪我人の血の痕があったり、土やなんやらいろいろついてて、決して綺麗とは言えないです。後でエプロン洗わないとなぁ。

なんて、エプロンの端をつまんでいたら、あっという間に周りを侍女に囲まれる。

「巫女様、失礼いたします」

脱がされ、マスクをはぎ取られ、髪を下ろされ、驚いた顔をされ、いくつものドレスをあてがわれ、うんうん頷いたり、首を傾げたり。

着替えが終わると顔に蒸しタオルを当てられ、丁寧に汚れを落とされる。

それから、メイクを施《ほどこ》され、髪を整えられて……

「うわー、ハナ先輩最高ですっ！」

すっかり準備が終わると、まず綺麗にメイクされたマリーゼの姿が目に入った。マリーゼは藤色のドレス。私はオレンジがかった黄色のドレスを着せられている。

「マリーゼ、綺麗よ」

「へへへ。ありがとうございます」

私はどんな顔になったのか、鏡で確かめようとしたけれど、人に呼ばれて部屋を出ることになった。

部屋を出てしばらく行くと、ひときわ立派な扉の前に着いた。

「巫女様方がいらっしゃいました」

扉の前に立っていた騎士が部屋の中に声をかけると、すぐに両開きの扉が内側に開く。

赤い絨毯《じゅうたん》の先に、豪奢《ごうしゃ》な椅子に座った五十代と思われる紳士と、優しそうな笑みを浮かべた四十代に見えるご婦人がいた。

きっと、領主様と、領主夫人だ。

領主様はガルン隊長と目元が、ご夫人は口元が似ている。

ここに来る前に教えられた礼儀を思い出して、私とマリーゼはお二人の前にある赤い絨毯《じゅうたん》のところまで進み、スカートの裾をつまんで頭を下げる。

「堅苦しい挨拶《あいさつ》は抜きじゃ。頭を上げてくだされ、巫女様。むしろ、頭を下げねばならぬのはこちらのほうじゃ」

ああ、声もガルン隊長に似てる。低くて少しかすれたガルン隊長の声。それをさらに深く胸の奥で響くようにしたのが領主様の声だ。威厳がある。

「そうですよ。ありがとうございました。お二人のおかげで、領都は救われました」

鈴を転がしたような声、というのはこういう声だろうか。澄んだかわいらしい声に、私は思わず頭を上げる。

隣にいるマリーゼも顔を上げたようだ。衣擦《きぬず》れの音が聞こえた。

「まぁ、まぁ、なんと美しい」

ご夫婦の感嘆の声が聞こえる。

うん、マリーゼはかわいいよね！　まるで自分の子が褒められたように嬉しくなる。

「まぁまぁ、堅苦しい話はなしよ。こちらへいらして」

いらしてって、おいでおいでと手招きされましても……

「そうじゃ。遠慮はいらぬ」

遠慮はいらぬと言われましても……

マリーゼと顔を見合わせた。どうしたらいいんでしょう？

まごまごしていると、領主様の後ろに控えていた年嵩《としかさ》の侍女が足音も立てずに動き、私たちの前に来た。

「どうぞ」

すると、領主様たちの後ろのカーテンが上がり、扉が現れる。二人が扉の中に消えると、私たちも扉の奥へと案内された。

謁見《えっけん》の間のすぐ隣には、テーブルと椅子が用意され、お茶が飲めるようになっていた。

十人ほど座れるテーブルの端に四人固まるようにして座る。

近い。領主様方が近くて緊張する。

「それで、どちらがハナ巫女で、どちらがマリーゼ巫女かしら？」

「私がハナです。ガルン隊長の率《ひき》いる兵の駐屯地で、下級巫女として八年勤めさせていただいております」

「私がマリーゼです。駐屯地に勤務して三年が経ちました」

私たちがそれぞれ自己紹介すると、ご夫人がふっと楽しそうに微笑んだ。

「まぁ、あなたがハナ巫女ね。噂は息子からかねがね」

げぇ。ガルン隊長、どんな噂をしているのっ！

「しかし、息子の言葉もあてにならないのぅ。仕事熱心でなかなか異性との縁がない巫女と言っていたが」

ガルン隊長っ！

「あら、あなた、違うわよ。ガルンは〝仕事熱心で、俺を叱りつける巫女がいる〟と言っていただけですわよ？」
ガ、ガ、ガ、ガルン隊長ーーーっ！
「あはは。そうであったな。息子を恐れず言いたいことを言う巫女がいるとは、どんな女性なのかと聞いたら、シャルが教えてくれたんだったな」

「そうですよ。女性としてはいささか……魅力に欠けると」

シャル？　隊長のサポートをする、シャル補佐官のことだろうか。ガルン隊長の暴走を冷静に止める、静の補佐官だとか、制の補佐官だとか言われるシャル補佐官が……何を噂してるんですかぁっ！

「そうだったそうだった。シャルの言葉もあてにならない」

……うう、早く帰りたい。

いたたまれなくなっていると、ガチャリと、ドアの開く音がした。

そちらを見れば、部屋の入り口にガルン隊長がいる。

「おやじ、おふくろ、なんで勝手に二人を呼んでるんだよっ！」

ガルン隊長が怒鳴ると、ご夫人が楽しそうな顔をする。

「あら？　なぜ、あなたの許可がいるのかしら？」

「え？　いや、だって、俺の部下というか……」

もごもごと言葉を濁《にご》しながらガルン隊長が私を見た。

「ガルン、あなたも座りなさい」

領主夫人の言葉に、ガルン隊長はしぶしぶ私の隣に腰かけた。

「さて、では改めて、二人には礼を言う。ガルンからの報告でも、二人がいなければこのはやり病《やまい》を収束させることは難しかったと聞いている」

こほんと小さく咳ばらいをして、領主様が本題を口にする。

「いえ、私たちではありません。領都にいるすべての巫女、そして巫女見習いが頑張ったおかげです。それに、兵の方々も町の人たちも、皆協力してくださいました」

「そんなことはない」

「そうですよ」

当たり前のことを言ったのに、なぜか領主様も領主夫人もニコニコと笑うばかりで納得はしてくれない。

「二人が来る前から、巫女も兵も町の皆も協力して頑張っていた」

「ええ。はやり病《やまい》だと分かったその時から、皆必死に収束させようと動いていました。しかし、病《やまい》は広がるばかりで、多くの者が命を落としました……」

ご夫人の表情が曇る。その隣で領主様も奥歯を強く噛んでいる。

ああ、領民のことを思うよい領主様なんだ。多くの領民が苦しんだことを思って辛い顔をするお二人を見ただけで分かる。……そうだよね、人のいいガルン隊長のご両親なんだもの。

ちらりと、横にいる隊長の顔を見る。

うん、きっと隊長も、領民思いのよい領主になるだろう。

ふと、先ほど領主様が座っていた豪奢《ごうしゃ》な椅子にガルン隊長が腰かけた姿を想像する。

その隣の夫人の席には誰が座るのだろうか。霞《かすみ》がかかったようで、誰の顔も思い浮かばなかった。

「二人が、見習い巫女の力を借りて魔力を回復しながら癒《いや》しを行う方法を広めてくれたおかげだ。さらに、癒《いや》しでも活躍したと聞いている。それだけではない。上級巫女をも動かしてくれた」

そう言われれば、そうなんだけれど……

「そこで、褒美を取らせようと思うが――」

「いえ、それはいただけません、あの、巫女としての仕事を全《まっと》うしただけですので」

私がそう断ると、領主夫人が首を横に振った。

「いけません。働きがよかった者には、褒美が与えられるべきなのです。もし、どれだけ働いても褒美がもらえないと思われては、みなの士気に関わりますからね」

そうか。頑張った人が褒美をもらっている姿を見て、自分も頑張ろうと思う人がいるんだ。

セーブル副隊長も、隊長が亡くなった後一人でなんとか踏ん張っていた。彼や、他の人たちも何かしら褒美が与えられるかもしれない。それが、最も活躍した――かどうかは分からないけれど、そう思われている私やマリーゼが褒美を断ると、他の人ももらいにくくなる。

私の表情が変わったのを見て、ご夫人が頷いた。

「分かっていただけましたわね」

「二人は、我が領存亡の危機を救ってくれた、物語に語られる勇者のようなものだ。勇者が魔王から国を救った後、与えられる褒美と言えば……」

はい？　物語？　勇者？

「姫だ。とはいえ、女性が姫をもらっても、困るじゃろう。そこで、姫の代わりに息子を褒美として与えようと思う」

は？　息子？

「どちらでもいいぞ、マリーゼ、ハナ。息子を褒美として受け取るがよい。侯爵家の一員となり、ゆくゆくは領主夫人じゃ。我が領は国の中でも大きなほうで争いごとも少なく、安定しておる」

ガルン隊長が褒美？　答えに窮して、マリーゼと顔を見合わせる。

「わ、私ではありません、ハナ先輩がすべて考えたので、あの、私の活躍では……」

ふるふるふると、マリーゼが首を横に振った。

ちょ、マリーゼっ！　押し付ける気だ！

助けを求めるように、今度はガルン隊長を見る。

ガルン隊長はニコニコ笑っていた。ちょ、私、嫁にならないと言ったよね？

私がふるふると頭を横に振ると、ガルン隊長に伝わったのだろう、任せておけとばかりに大きく首を縦に振った。

「母上、父上、断れないような言い方でハナを追い込むのはやめてください」

母上、父上？　さっきはおふくろ、おやじと言った気が……どっちが普段のガルン隊長なんだろうか。いつもの隊長らしいのはおふくろとおやじだけれど。貴族の息子としては普段は母上、父上と呼んでいるのかな……

領主様がふむと顎《あご》をさすった。

「ガルン、お前は褒美としてハナに与えられるのが嫌だと言うのか？」

「いいえ。ハナが受け取ってくれるならば、ぜひ」

何言ってるのっ！　犬猫の話じゃないのよ！　受け取る受け取らないって……

「まぁ、ガルン、あなたっ！」

きゃはっと、ご夫人から黄色い声があがった。

「俺は、こんな形じゃなく……ハナに、俺が必要だと思ってほしい」

ガルン隊長が私の顔を見る。

わ、私が、ガルン隊長を必要とする？

「俺には、ハナが必要だ」

ガルン隊長の目がまっすぐこちらを見ている。

「ハナ、俺が必要だと言ってほしい」

私がガルン隊長を必要かどうかって？

いつもいるのが当たり前で、深く考えたことなんてない。だけど、きっとガルン隊長が必要としているのは、巫女の私じゃなくて、領主夫人になってくれる誰かなんだよね……

私は、結婚するつもりはない。一生巫女でい続けるつもりだから。

「ご、ごめんな……さ……い」

私は頭を下げるしかなかった。

「あ、あのっ、領主様。ハナ先輩は、その、ガルン隊長が嫌いなわけじゃなくて、えっと氷の将軍様のことをずっと思っていて……」

マリーゼが、フォローするように口を開く。

「まぁまぁ、アルフォードがライバルなの、それは相当頑張らないとね？」

「うむ、ならば仕方あるまい」

なぜか、氷の将軍の話に、領主様も領主夫人もあっさり納得した。ああ、便利な言い訳ですよ。

「では別の褒美を考えねばな。何か希望はあるか？」

別の褒美……

「宝石がよいか？　屋敷か？　領内限定にはなるが、名誉男爵の地位を与えることもできるぞ？」

褒美……。お金がかかることでもいいんだよね。

ごくんと唾を呑み込んで口を開く。

「あの、でしたら……大きな屋敷に、そこで働く人たち、それから日々の糧《かて》を……」

私の言葉に、マリーゼがひゅっと小さく息を呑む。

「ハナ、領都に住むつもりか？」

ガルン隊長の言葉に、首を横に振る。

「今回のはやり病《やまい》でたくさんの子供たちが親を失いました。また、働き手を失い、子供を抱えて途方に暮れている人もいるでしょう。どうか、大きな屋敷を孤児院とし、仕事のない方々を雇い、彼らに日々の糧《かて》をお与えくださいませんでしょうか」

そう告げると、領主様が額《ひたい》に手を当てた。

「これは困った……それでは褒美にならぬ」

「そうですよ。それは、領主として私たちが領民にしてあげるべきこと。あなたが自分の褒美として行うものではないのですよ」

えーっと、じゃあどうしよう？

困った。褒美と言われても、他に思いつかない。

「ガルン隊長……どうしたらいいでしょう……」

ついガルン隊長に助けを求めると、思わぬ提案をしてくれた。

「では、ハナの家と名付けては？」

「ハナの家？　孤児院ではなく、ハナの家ですか？」

ご夫人が首を傾げる隣で、領主様が納得したように頷く。

「なるほど。そうすると、迎え入れた孤児は、ハナ巫女の家族となるのぅ」

私の家？　私の家族？

私に、家族ができる？

「そんなことでいいのかの？」

「はい……はい！　ありがとうございます！　嬉しいです！」

そうだ。西の神殿の中級巫女様が亡くなったと言っていた。

今回の王都での任務が終わったら、代わりに働けないか聞いてみようか。能力検査してもらって、中級レベルに達していたら。西の神殿で働きながら、〝ハナの家の家族〟と一緒に生活する。そういうのもいいかもしれない。

「ったく、欲がないな、ハナは」

もしゃもしゃとガルン隊長の手が私の頭を撫でる。

「ガルン、お前もっと本気を出せ。逃すな」

「あなた、そんな無理をおっしゃって……アルフォードが相手なのですよ？　それに、我が息子ながら八年も一緒にいて、何をしていたのか……」

領主様とご夫人が頭を抱えている。なんで？

「マリーゼは何を望むかの？」

領主様に尋ねられたマリーゼは、うーんと少し考えてから、いいことを思いついたとばかりに口を開いた。

「ドレスを！　ハナ先輩が氷の将軍様のハートを射止められるような素敵なドレスをお願いします！」

マリーゼの言葉に、領主様とご夫人は再び頭を抱えた。

「うぐぐ、褒美として求められては仕方があるまい……」

「敵に塩を送るなど……ううう、仕方がありません。私がとびっきりのドレスを見繕《みつくろ》いましょう」

えっと、それって……

「マリーゼ、自分のために褒美をもらうべきよ」

「ふふふ、ハナ先輩、どの口が言ってるんですか！　それに大丈夫ですよ。私が楽しいんですから、十分私への褒美になります」

え？　そうなの？

「さあマリーゼ、一緒にドレスを選びましょうか。もちろんあなたにもドレスをプレゼントするわよ」

「はい！　ありがとうございますっ！」

マリーゼはうきうきしながらご夫人と部屋を出て行った。

「ではワシはセーブル副隊長に褒美を渡してこよう。隊長への昇進と勲章一つといったところか」

そうつぶやいて、領主様も部屋を出て行った。

残されたのは、私とガルン隊長だけだ。

「あー、その、ハナ……」

ガタガタと椅子を動かして、隊長が私と向き合う形で座り直した。

「俺からも改めて礼を言う。……本当にありがとう」

「いえ、巫女として当たり前のことをしただけで……す……」

隊長の顔を見たら張りつめていたものが切れたみたいで、ホロホロと、いきなり涙が落ちた。

「私、私……救えてよかった……」

「ああ。ハナ。お前は皆を救った」

「私……私、巫女になれてよかった……」

ガルン隊長の手が私のほおを伝う涙をぬぐう。

「ああ、ハナが巫女でよかった」

ガルン隊長の手に手を重ねる。

「私、私……」

また、過去の記憶がよみがえる。

父も母も……優しかった隣のおばさんもおじさんも、幼馴染《おさななじみ》の男の子も、生まれたばかりの姪も……

ああ、ああああ……。仕方がない、仕方が……

町の神殿には巫女様が派遣されている。でも、私の住んでいた村には神殿がなかった。巫女様もいない。だから、町へ助けを求めに行く前に次々と皆亡くなったのだ。

原因は分からない。毒なのかはやり病《やまい》なのか。本当にあっという間に皆が倒れていって。

もし、あの時、私に力があれば、皆を助けられたかもしれないのに……

ううん、力があったってきっと、私一人ではせいぜい二人か三人しか救えなかった。

もっと、力が欲しい。皆を救える力が、欲しい。

もう、嫌だ。嫌だ。誰かを失うのは……目の前で人が死んでいくところなんて見たくない。

今回、巫女見習いに癒《いや》してもらい魔力を回復すれば、たくさんの人が救えるということが分かった。でも、小さな村には巫女も巫女見習いもいない。近隣の町の神殿に行くしかない。そういう町だって、巫女が一人きりだ。

皆を救える力なんて、そんなものありはしない。分かってはいるけれど……

「ハナ？」

眠い。

癒《いや》しを行いすぎたのかな。頭の奥がぼーっとする……

さすがに回復しながらと言っても、元気を前借りしただけで体は疲れている。

私は睡魔に逆らうこともできず、そっと目を閉じた。

第四章　行き遅れ巫女、王都で癒《いや》す

目が覚めるとすでに馬車の中だった。

「ああ、よかった！　ハナ先輩も目が覚めたんですね！　私たち、あれから半日以上ぐっすり眠っていたんですって」

マリーゼが心配そうな顔で言う。

えーっと、そうなんだ。やっぱりちょっと無理しすぎたみたい。癒《いや》しだけでは癒《いや》されない疲れがたまっていたのかな。

「ここはどのあたり？」

「途中の町には寄らずに通り過ぎているそうなので、夕方には王都に着くらしいです」

そうなんだ。もう王都に……

「え？　この馬車、王都に向かってるの⁉」

突然、女の子の声が馬車の中に響く。

そして、向かいの座席の座面がポンッと跳ね上がった。

座席の下には荷物を入れられる空間があるんだけど、そこからぴょんっと少女が姿を現したのだ。

「だ、誰？」

びっくりして裏返った声が出る。

あれ？　確かこの子……

「あなた、町で見たわよね？　なぜ、ここに？」

薄桃色のワンピースに薄茶色のおさげ髪。聖女なんてすごくないと言って怒っていた少女だ。

「勝手に乗り込んで……ここに入っていた荷物はどうしたの？　侯爵様にいただいたドレスが入っていたのに」

マリーゼが怒っている。

「ご、ごめんなさい。あの、着替えならなくても大丈夫だと思って……」

悪いことをした自覚があるのか、少女が目を伏せた。

「だ、大丈夫じゃないわよっ！　あれは、ハナ先輩が氷の将軍に会う時のための、とっておきのドレスっ！　侯爵夫人と二人でハナ先輩がとびきり魅力的に見えるように、必死に選んだ……あああ、絶品ドレスがぁ！」

取り乱し始めたマリーゼを見て、少女が身を縮める。

「マリーゼ、大丈夫よ。私は、その、気にしないから……」

どんなドレスか知らないけれど、むしろ氷の将軍に会うのに気合が入りすぎなくてよかった。

「ねぇ、あなた。それより、どうしてここに？」

「わ、私……あの町を離れたかったの……」

少女が小さな声で答える。おびえているように見えるのは、マリーゼが怒っているからなのか、それとも町を離れたい理由にあるのか。

「だったら、勝手に町を出ればよかったのに、なぜ、馬車に潜《もぐ》り込んだの？」

今度はマリーゼが少女に質問する。まだ怒っているようだけれど、少女を責め立てようという気はなくなったようだ。

「その、見られたくなかったの……」

見られたくない？

「誰かに追われてるの？」

私の問いかけに、少女が唇を噛んだ。

もしかしたらはやり病《やまい》で親が亡くなり、親せきに引き取られ、その親せきにひどい扱いを受けているとか……。この国には奴隷制度はないから、奴隷として売られることはない。だけれど、仕事をあっせんするという名目で、人身売買のようなことが行われていると聞いたことがある。少女の場合、多くは娼館へと引き渡されるのだ。

「私の名前はハナ。こちらはマリーゼよ。名前を聞いてもいい？」

私の問いに、少女は黙ったままだ。

すると突然、馬車の速度が落ちた。

「王都に着いたにしては早いよね？」

マリーゼが首を傾げる。

少女が、王都という言葉になぜか激しい反応を見せた。馬車が止まると、少女は急いで小窓から外を確認する。

「よかった、王都じゃない……」

王都からあの町まで逃げて来て、さらに逃げる途中だったのかな？　もしそうだとすると、ずいぶんしつこい追っ手だ。それとも、売られる予定が王都のどこかだったとか？

ざわざわと馬車の外が騒がしくなる。

「急げ、ロープを！」

「力のある者がロープを支えろ、三人だ！」

何があったんだろう？

状況を確認しようと、馬車から外に出る。

「ああ、ハナ、よかった。目が覚めたんだな」

ガルン隊長がほっと息を吐き、そして、すぐに道横の谷底へ視線を向けた。

「ハナ先輩、何があったんですか？」

マリーゼも馬車から出てきた。

「さぁ？　私にも分からない」

そう答えて、二人でロープの下ろされようとしている谷底に目を向ける。

あ、馬車が転落している。馬車から投げ出されたらしき人が五人ほど、谷底に血まみれで倒れているのが見えた。ピクリと、小さく一人の手が動く。

「生きてる……」

「すぐに引き上げてやる、頑張れ！」

ガルン隊長が谷底に向かって声をかけた。

ロープを体に巻き付けた兵が二人、慎重に谷底へと下りていく。

見ている間にも、血の範囲が広がっているように見える。まだ、血が流れ続けているんだ。間に合うの？

「隊長、彼を引き上げるんじゃなくて、私を下におろしてくださいっ！」

「ハナ？　いや、それは危険だ」

「危険でも構いませんっ！」

私の訴えに、ガルン隊長は首を横に振る。

「あっ！」

谷底を見ていたマリーゼが声をあげた。

ロープで下りている兵の体が風にあおられて、近くの岩にぶつかる。

「大丈夫かっ！」

「はい、大丈夫ですっ！」

兵の返事を聞いてから、ガルン隊長が私を見てもう一度首を横に振った。

「谷間風が相当強く吹いている。鍛えている兵でさえあの状態だ。ハナ……危険すぎて、お前を行かせられない」

「だったら」

だったら、ガルン隊長が私をあそこに連れて行ってくださいっ！　という言葉が出かかった。

ガルン隊長なら、私を抱きかかえながらでも下までおりられるでしょう？　……と。

ああ。私、ガルン隊長に頼りすぎだ。できるというのと頼んでいいというのは違う。

谷底を見る。遠い。十メートルはあるだろうか。

癒《いや》しを行うには、直接触れるか、息がかかるほどの距離にいなければ無理だ。

早く、早く引き上げて……命のあるうちに……

「【癒《いや》し】」

ふと、耳元に優しい声音が聞こえた。

すると、谷底で倒れていた人が、一人むくりと起き上がる。

「どういうことだ？」

まさか？

横を見ると、おさげ髪の少女が額《ひたい》に汗を浮かべて立っていた。

「【癒《いや》し】」

少女が谷底に手をかざしてつぶやくと、倒れていた男の人がもう一人、頭を持ち上げる。

「あなたが癒《いや》しているの……？」

こんな離れた距離から癒《いや》しが行えるというの？　なぜ？　何か方法があるの？　それともこの子が特別？

驚く私の目の前で、少女の体がふらりと揺れる。

「危ないっ」

意識を失いそのまま谷底へと傾く体を、必死に支える。考えている暇はない。

【癒《いや》し】――あなた、大丈夫？」

少女に癒《いや》しを施《ほどこ》すと、意識を取り戻した少女がその場に座り込んだ。

「助けてくれ！　あと三人、まだ息があるんだ、頼むっ！」

谷底から、回復した男性の声が聞こえてきた。

「私には二人を癒《いや》すだけの力しかない……」

少女は青ざめた顔のまま、自分の手のひらを見た。

「私には、あなたのように何十人も癒《いや》せる力なんてないっ」

ぎゅっと手のひらを握り締め、少女が体を折り曲げた。

癒《いや》したから魔力も回復しているはず。気が付いてないの？　離れた場所の人を癒《いや》せるのは、この少女しかいない。私にはできない。お願い、気が付いて。

「感じて。私があなたを癒《いや》したの。ねぇ、魔力の回復を感じて」

背中をさすると、少女がはっと顔を上げた。

「……本当だ……。私……魔力が回復している――【癒《いや》し】」

少女が谷底に倒れている人を一人癒《いや》すたびに、私が少女を癒《いや》す。

二人と言っていたけれど、一人癒《いや》すだけで額《ひたい》に汗を浮かべているのだ。二人目を癒《いや》すにはかなり苦痛を伴うと分かったので、一人癒《いや》すごとに癒《いや》した。

「全員無事だ、ありがとうっ！」

谷底からの言葉に、ふっと少女から力が抜ける。

「後は引き上げるだけだな。急ぐ必要はなくなったから慎重に」

ガルン隊長が兵に声をかける。

「ねぇ、あなた……もしかして、こんな遠くから癒《いや》しを行える能力があるのは……」

マリーゼが、少女の手を取る。マリーゼは、遠くから癒《いや》せる理由に心当たりがあるの？

「ち、違う、わ、私……」

少女がマリーゼの手を振り払って逃げ出そうとする。相当な取り乱し方だ。

「まずは、馬車に戻りましょう。ね？　せっかくなので、この時間にお茶を……いえ、何か軽食でも口に入れましょうか」

私は、取り乱す少女とマリーゼに声をかける。

ずっと寝ていた私。それから馬車に潜《ひそ》んでいた少女。いずれも、食事も取っていないことに気が付く。

馬車に戻り、荷物から水とパンを取り出して、少女に手渡す。

「食べて。お腹空いてるでしょう？」

だけど、少女はじぃっと私の手元を見たまま手を伸ばそうとしない。

「聖女様は、このような粗末な食事では満足いただけませんか？」

マリーゼの言葉に、少女がマリーゼを睨んだ。

「聖女？」

マリーゼは確かに少女をそう呼んだ。

「ち、違う」

少女が震える声で答える。

「いいえ、確かに見ました。離れている人への癒《いや》しを。私たち巫女にはとても真似できない力を持っていました」

マリーゼの言葉に、少女は顔を青くする。

「ち、違う、私は、聖女にはならない、なれない、無理、なりたくない、聖女なんて……」

少女が首を激しく左右に振る。確かに、離れた人を癒《いや》す力はすごかったけれど、マリーゼが言うように聖女なんだろうか？　ふと思った疑問を口にする。

「マリーゼ、この子は見たところ十三歳くらいでしょう？　まだ十五歳になってはいないから聖女ではないのでは？」

「ハナ先輩、聖女だけは特別です。十歳の検査で聖女の資質が認められた者は、前の聖女様が役目を終えた時から次の聖女となります。聖女は常に一人。二人でもゼロでもなく、一人です」

ああ、そう言われれば。

聖女様はいつもいるのが当たり前だから、深く考えたこともなかった。

聖女様とはいえ、巫女だ。力を失えば引退。引退がいつになるのか分からないのだから、次の聖女が十五歳以上とは限らないのか。

「えーっと、聖……女様？　パンと水しかありませんが、お腹が空いているでしょう？」

本人は聖女じゃないと言うけれど、どう呼んでいいのか分からず聖女様と呼びかけると、少女に睨まれた。

「聖女じゃ……ない」

ぽろぽろと少女が涙を落とし始める。

「私……ハナ巫女みたいにたくさんの人を癒《いや》せないし、それに……怖い……」

怖い？

「……聖女は王族を癒《いや》すのが役割。王が崩御《ほうぎょ》した際は、聖女の力が足りなかったとしてともに命を終えなければならないと……」

少女の言葉の真偽が知りたくてマリーゼの顔を見る。

「マリーゼ、その話は本当なの？」

知らなかった。聖女って、王様治せなかったら責任取って殺されるの？　だって、病気や怪我じゃなくて、どうにもならない老衰《ろうすい》で亡くなることもあるでしょう？　それに、もし王子たちの癒《いや》しを行った後、魔力が足りなくて王を癒《いや》せなかった場合は？　はやり病《やまい》で何人も同時に癒《いや》しを必要とすることだってあるでしょう？　戦地に駆けつけるのが間に合わないということだって……

マリーゼは静かに頷く。

「聖女は命懸けで王を癒《いや》すべし……と。重い責任が課せられる代わりに、いろいろな特権も与えられるものだと神殿で聞きました」

私が学んだ神殿では、聖女様は一番力が強いということくらいしか教えてもらっていない。

どういうことなんだろう？

疑問に思ったものの、ひとまずお腹を満たそうと、私は少女の手をつかんでパンを持たせる。

「落ち着いて。まずは食べましょう。……聖女様……いいえ、名前はなんて言うの？」

聖女と呼ばないほうがいいんだよね。

「ルーシェ」

「そう。ルーシェ、私もお腹ペコペコだわ。これだけお腹が空いていたら、きっとただのパンでもおいしく食べられるわよ。ああ、おいしい」

先に食べて見せ、ルーシェに笑いかける。すると、ルーシェもつられるようにパンに歯を立てた。

三人で黙々とパンをかじり、水を飲む。

「だけど、ルーシェはすごいね。あんなに離れた場所の人も癒《いや》せるなんて」

「すごくないよ。二人しか癒《いや》せない……ハナ巫女のようにすごくない」

マリーゼがルーシェに言う。

「あら、私も三人よ。頑張っても五人しか癒《いや》せないけど、回復してもらいながらなら何人でもできるわ。……後でどっと疲れて眠っちゃうけど。でもそうすれば何人だって癒《いや》せるようになるんだから、人数は関係ないんじゃない？　まぁ、ハナ先輩がすごいのは私も認めるけど。上級巫女でさえ十人がやっとだったんだから」

マリーゼが自慢げに私の顔を見る。

「でもルーシェ、あなたは私が助けたくても助けられなかった谷底の人たちを救ったんだもの、すごいよ」

本心からルーシェを褒めたたえる。

「そう、さすが聖女様は違うって思った！」

マリーゼも私と同じように感動したんだろう。だけど、マリーゼの言葉にルーシェは首を横に振った。

「私は、聖女じゃない……聖女候補なだけで、まだ、聖女様はお勤めで……」

マリーゼがふぅーんと頷く。

「そうなんだ。じゃあ、なんで必死に逃げてるの？　あ、逃げてるんだよね？　もうすぐ王様が亡くなりそうなの？　それとも聖女様が恋でもしてる？」

マリーゼの矢継《やつ》ぎ早《ばや》の質問に、ルーシェが首を横に振った。

「おーい、そろそろ出発しよう」

ガルン隊長の声が近づいてくる。

「あ、あ……」

ルーシェが焦った表情を見せる。急いで座面を押し上げ、その中にルーシェを隠した。

って、私、隠しちゃった。ルーシェを。

やがてドアをノックもせずに開くガルン隊長。いや、馬車のドアはノック不要なのかな？　それにしてもいきなり開けられると、隠し事するには焦るね。

「なんか見慣れない女の子いなかったか？　馬車に乗ったって聞いたが……」

「あー、えっと、いませんけど？」

嘘ついちゃった。

「谷底に馬車が転落した騒動が気になって見に来た近所の子じゃないですか？」

「近所？　んー、近くに村なんてあったか？」

ガルン隊長が首を傾げる。やばい、話題を逸らさないと。

「た、隊長はお腹空いてないですか？　今私たちパンを食べていたんですが……」

「いや、大丈夫だ。それよりも、あの距離で癒《いや》しを施《ほどこ》せるなんて、ハナか？　マリーゼか？　すごいな」

ぎくり。

「あー、いや、あれは……あの、馬車の人たちはもう大丈夫なんですか？　えっと、引き上げる時に兵たちは怪我をしませんでしたか？」

「わ、私、ちょっと見てきますね！」

マリーゼが立ち上がって馬車を出て行った。

逃げたな、マリーゼっ！　うう、一人でどうごまかそう。

マリーゼと入れ替わるようにガルン隊長が馬車に乗り込んだ。ドスンと、ルーシェの隠れている席の上に腰を下ろす。相変わらず体の大きな隊長が馬車に乗ると、窮屈そうだ。

「ああ、そうだ。ハナも気になっているだろ？　王都の様子なんだが」

ガルン隊長はパンをかじりながら話を始めた。お腹は空いてないと言っていたのに、食べるんですね。

「やはり、はやり病《やまい》で多くの人が亡くなっているらしい。転落した人たちは、王都から逃げてきたと言っていた」

「王都も……？」

じゃあ、こんなところでのんびりしている暇なんてないんじゃっ！

そう思っているのが顔に出たんだろう。ガルン隊長が安心させるように言う。

「大丈夫だ、ハナ。王都にはすでにハナたちが考えた方法を伝えてある。領都よりも大きな都市で人数も多いが、神殿の数も多いし、上級巫女の数も多い。それに、聖女様もいらっしゃる」

聖女という言葉が出た途端、ガツッと、ガルン隊長の下で音が鳴る。

「ん？」

やばい、やばい。

ごまかすために、私は慌てて馬車の床をトントンと鳴らす。

「なんだハナ？　トイレにでも行きたいのか？」

くぅーっ、誤解された。でもいいや。

「いいえ、その、靴の裏に石が挟まっている感じがしたので……」

「ああ、なんだ。見せてみろ」

がしっと足をつかまれ持ち上げられた。膝から下がスカートから出て露《あら》わになる。

ひえっ、ちょっと、足、足、ちょっと、やめてー！

「石なんて挟まってないぞ？」

ガルン隊長が顔を上げると、真っ赤になった私の顔を見て、事の次第に気が付いたようだ。いや、私は相変わらずマスクと眼鏡スタイルなんだけど、耳まで赤くなってる自信があるんです。

「い、いや、すまん、あの、ハナ……足をその、見るつもりじゃ……」

ばかばか、隊長のばか！　言葉に出して強調すると、余計に恥ずかしいじゃないですかっ！

「ああ、でも、ロープを伝って下りていたら、スカートがどうなっていたか。よかった。他の奴らに見られなくて……」

隊長が、めくれ上がった私のスカートの裾を持って、すっと足首まで下ろす。

あの、隊長、その前に、つかんでいる足を放してもらえないですかね！

「えーっと、ハナ、やはり、その、肌を見たからには責任を取って……」

もごもごと隊長が何か言っています。

責任？

「肌を見たから責任なんて言い出したら、巫女は何人の肌を見てると思ってるんですか！　隊長の肌だって、他の兵たちの肌だって、背中も腹も、お尻だって見てる兵もいますからね！」

って、何言ってるんだろう私。肌を見た自慢みたいになってる。焦りすぎてるよね。

ああ、もう、この話題やめましょう！

ん？　隊長が真っ赤になった。

「あー、俺の肌。うん、ハナは俺の体の傷痕で知らないものはないんだよな……」

はい。しょっちゅう怪我する隊長ですから。足も腕も背中もお腹も、場所を変えては怪我するものですから。古傷の位置も覚えてるし……

って、なんで、隊長の体を思い出しているのかっ。

うわー。今までこんなことなかったのに。体なんて、傷と一体……というか、患者の体なんて患者としか思ってなかったのに。隊長の胸板は厚かったなぁとか、腹筋も立派だよなぁとか、なんでそんなこと思い出してるの。わ、忘れよう。うん、忘れないと。

隊長は今度は真っ青になった。

「俺以外の体も見てる……んだよな……」

えーっと、そうそう、他の隊員の怪我の手当てもいっぱいしてますからね。

服の上からでは傷の様子が分からないので、脱いでも……ん？　おや？　隊長の体のように思い出せない。他の人は、隊長ほど頻繁に私のところに来たりしませんし。そもそも、行き遅れ巫女のもとに好《す》き好《この》んで通うのは隊長くらいで。

あれ？　隊長はなんで私のところばかりに来るようになったんだろう？　他の人よりも力が強くなったのは確かだけれど……。それでも、マリーゼや、他にも癒《いや》しに必要な力を十分持っている巫女はたくさんいたのに。

「あー、くそっ。こんなことで嫉妬したって仕方ないんだが、ちょっと待ってくれ。気持ちを落ち着ける」

ガルン隊長が頭を抱えてうつむいた。

嫉妬？　何それ。自分専属の巫女じゃないんだから、他の患者も治療するのは当たり前なんだけどな。

「なぁ、ハナ……」

ガルン隊長が頭を下げたまま口を開いた。

「もしかすると、近いうちに駐屯地は解散になるかもしれない」

え？　どういうこと？

「駐屯地が必要なくなるかもしれない」

必要がなくなる？　戦争が終わるってこと？

「俺は領主になるまではただの騎士だからな。ある程度の希望は通るとはいえ、次にどこの勤務になるかは分からない」

戦争が終わるのはいいことだけど……駐屯地が解散？

頭の中が真っ白になった。

皆バラバラになるってこと？　私は、ガルン隊長のもとで働けなくなる……？

あれ、え？

「そ、そうなんですね……」

かすれた声が出る。

何、私。自分でもう駐屯地の巫女を退職するって決めていたじゃない。これが終わって中級巫女として認められたら神殿に勤務しようって……。なのになんで、こんなショックを受けてるの？

自分から去るのは平気でも、強制的に引き離されるのは辛いってこと？

おかしい。どうしたんだろう私。

自分の気持ちが分からなくて混乱していると、すっとガルン隊長の手が伸びて、私の手をつかんだ。

「なぁ、ハナ……何度も言うが、俺にはお前が必要だ」

うん。ガルン隊長の傷痕のすべてを知っているもの。病歴だって覚えてる。

それから、ガルン隊長の動きの癖に合わせてほどけないように包帯を巻くのも得意だ。

ガルン隊長には私が必要。

――そうか。解散したら、この八年間が無駄だったような気がしてショックだったんだろう。……実際は他の巫女でもいいのかもしれないけれど、誰かにはハナ巫女がいてよかったって思ってもらいたかったのかな。

「ありがとうございます。隊長……あの……それで、駐屯地が解散というのは？」

「ああ、どうも、戦争が終わるかもしれない」

「戦争が？」

やっぱりそうなのか。それはいいことだ。

だけれど、なぜ突然？　今だって、戦争といっても、国同士が睨み合ってちょっとした小競り合いがあるくらいで、本格的な戦闘をしているわけではなかった。

何年もこの状態が続いているんだから、この先も続くことだって考えられる。そんな中、急に事態が動くなんて。

「はやり病《やまい》が王都にも広がっているというのは言ったよな」

頷くと、ガルン隊長が眉根を寄せた。

「多くの者が倒れた。その隙をついて、ミーサウ王国が攻め入ってくるのではと警戒していたんだが、ミーサウ王国でもはやり病《やまい》が猛威を振るっているらしい」

ミーサウ王国。長年戦争をしている隣国にもはやり病《やまい》が。

「我が国では、ハナ、お前たちのおかげでなんとか収束しそうだが、ミーサウ王国ではそうもいかないだろうな」

ミーサウ王国、別名〝聖女不在の国〟。聖女がいないから収束しないの？　いや、関係ないか。

「はやり病《やまい》が原因かは分からないが、ミーサウ王国から使者が来たらしい。降伏状と嘆願書を持って来たという噂だ」

降伏と嘆願？

「何を嘆願するんでしょう？　降伏するけれど、国民に手を出さないでほしいとか？」

戦争に負けた国の民は、時として奴隷のような扱いを受ける。

「分からない。国民に手を出すな、ではなく、国民を助けてくれ……いや、もしかすると、自分たちの命乞いかもしれないな」

ガルン隊長がフンッと鼻で笑った。

「国民より自分の命？　戦争の責任者たちが命乞いを？」

私の言葉に、ガルン隊長が首を横に振った。

「はやり病《やまい》の魔の手が自分たちにも及びそうなのかもな。ミーサウ国の王都に」

「隊長、使者の持ってきた嘆願書がどのようなものであれ、巫女が魔力を回復してもらいながら癒《いや》しを行う方法を伝えたらいいんじゃないでしょうか」

この国のほとんどの人は、ミーサウ王国のことなんて関係なく生活している。きっとミーサウ王国だって、私たちの国を敵だなんて思わずに生活している人が多いはずだ。

そんな人たちまで犠牲になる必要なんてない。

今にも命を落としそうな人たちがいるなら、早く伝えたい。聖女がいなくても、人々が助かる方法があると。

ソワソワとし始めた私の頭をガルン隊長が撫でる。

「ハナの考えた方法を伝えたところで、ミーサウ王国の人たちは救われないぞ……」

え？　どうして？

「巫女は力を使ううちに、能力も魔力も上がる。だから、かつてミーサウ王国は力の強い巫女を増やすことで戦力とし、戦争に打ち勝とうとした」

かつて？　どれくらい昔の話なのだろうか。

「そのため、巫女に恋愛と結婚を禁じ、力を上げることを強要した。その結果、ミーサウでは巫女の力を持った者が生まれにくくなり、巫女の数が激減した」

え？　巫女に結婚を禁止？

「それに気が付いたミーサウが、今度は何をしたと思う？」

ガルン隊長は再び、苦虫を噛み潰したような顔をする。

「まだ子をなすことができる巫女に無理やり子供を生ませ始めた」

無理やり？　それって……蹂躙《じゅうりん》したということ？

「だが、好きでもない男に犯され、孕《はら》み、生まれた子が、巫女の力を授かることはなかった」

ああ、何てこと。何てこと！　巫女を子供を生む道具としてしか見ないなんてっ！

あまりのひどい話に、体が震える。

「しかも、生まれた子に力がないと分かると、子供が生めなくなった親とともに無能と鞭《むち》打たれ、野に放たれた。元巫女の親子の多くはミーサウを逃れ、隣国へと身を潜《ひそ》めた」

ひどい、ひどい。涙が零《こぼ》れそうになった時、ふわりとガルン隊長の手が再び私の頭を撫でた。

「ずいぶん昔の話だ。ハナ。そう、辛そうな顔をするな」

ガルン隊長も悲しそうな顔をしている。それを見て、少し心が落ち着いた。過去の話に心を痛めているのは私だけじゃない。ガルン隊長も一緒なんだ……

「とにかく、ミーサウではそんな経緯があって、巫女がほとんどいない。過《あやま》ちに気が付いた時には、すでに巫女が逃げ出した後。さらに悪いことに、巫女の能力があると知られればひどい仕打ちを受けるかもしれないと、一生隠して過ごすようになった」

人を救える能力を持ちながら、隠して生きなければならないってこと？

「ま、一方うちの国は、巫女には幸せな結婚をしてもらって、次代に巫女の血を残してきたから巫女がいなくなるような問題は起こってないんだけどな」

次代の巫女……

巫女が力にこだわり結婚せずにいれば、巫女の血が絶えるんだ……

ぎゅっと両目を固くつむる。

私が力に固執して結婚しないのは、間違っているのだろうか。だけど、私は……

「ハナ……言っただろう。無理に結婚しても巫女は生まれない……だから、な」

ガルン隊長が私の頭を撫で続けながら言う。

「俺にはハナが必要だけれど、ハナに無理強いするつもりなんて毛頭ない。ハナは、ハナがしたいように生きればいい」

私がしたいように？

うつむいていた顔を上げると、ガルン隊長がこちらをじっと見ている。

「私……今は……」

一人でも多くの人を救いたい。

巫女の力を使いたい。

結婚して力を失いたくない。

……今……は？　なら、いつかはこの気持ちが変わるんだろうか？

「確認が終わりました」

馬車の外からマリーゼの声が聞こえ、すぐに馬車のドアが開いた。

「大丈夫です。大きな怪我をした人はいませんでした」

マリーゼの報告を聞くと、ガルン隊長が腰を浮かせる。

「ああ、ありがとう。じゃあ、出発しよう」

ガルン隊長が馬車を降り、マリーゼが乗り込んだ。

あれ？　結局ガルン隊長は何の用事だったんだろう？　そうだ、少女が来てないかと確認しに来たんだっけ。

馬車が動き出してから、隠れていたルーシェが出てきた。

「あー、馬車を出て行けなかったっ」

ルーシェが困った顔をする。そういえば、逃げようとしていたんだっけ。

「このままじゃ、王都に……」

ルーシェの顔が青ざめる。

「王都に着いて捕まったら……ミーサウ王国に送られちゃう……」

え？　ミーサウ王国？

「怖い、嫌だ、怖い。どんな扱いを受けるのか分からないもの……」

ルーシェがガタガタと震え出した。

「ルーシェ、落ち着いて。いったいどうしたの？」

私がそう尋ねると、ルーシェはガタガタと震えながら言葉を続けた。

「さっきの人が言っていた、ミーサウ王国からの使者が来た話は本当なの」

聖女候補とはいえ、ルーシェはなぜここまで知っているんだろう。

領主子息のガルン隊長でさえ、さっき知ったばかりみたいなのに。

「ミーサウ王国は降伏し、領土の一部をキノ王国に譲渡するって……そして、賠償金を十年にわたり支払う代わりに、聖女を寄こせと……」

え？　ミーサウ王国の降伏条件が聖女なの？

「でも、聖女を渡すわけにはいかないと、聖女候補の私が……ミーサウ王国に……」

ガタガタと、ルーシェの震えがひどくなった。

「ミーサウ王国に行けば、監禁されたり、無理やり子供を生まされたりするって、侍女たちが言っていたの……」

それは過去のミーサウ王国の巫女に対する行いを知っていたから、噂していたんだよね？　ガルン隊長がさっき話した、ひどい歴史。

だけど、それで失敗しているミーサウ王国がまた同じことは繰り返さないと思う。

「大丈夫よ。ミーサウ王国もそれほど馬鹿じゃないと思うから……。過去に失敗したことを再び繰り返すようなことはしないと思うわよ。むしろ、好待遇で、巫女に幸せになってもらおうとするんじゃないかな？」

私がそう言うと、ルーシェが両手で顔を覆って、首を横に振った。

「だ、だけど……もし、もし癒《いや》しに失敗してしまったら……」

癒《いや》しに失敗？　この国で聖女に求められるのは、王族を癒《いや》すことだったよね。ミーサウ王国でも同じなのだろうか。王と一蓮托生《いちれんたくしょう》。聖女不在で、他国に聖女を求めるような国が、聖女の命を軽く扱うとは思えないけれど……

「首をはねられるだけでは済まないと……。キノ王国が降伏条件をたがえて、偽の聖女を送ったと、再び激しい戦争が起こると……だから、絶対に失敗しては駄目だと……」

はっとしてマリーゼと顔を見合わせる。

「戦争の原因に……」

確かに、可能性がないわけじゃない。

はやり病《やまい》が落ち着き、聖女の存在価値が低くなってきたら。十年賠償金を支払うことが重荷になってきたら。譲渡した領土を取り返したくなったら……

言いがかりをつけて戦争をしようとすれば、聖女のせいにするのが早いかもしれない。

私はルーシェをぎゅっと抱き締める。

「ルーシェ……」

まだ幼いルーシェ。

いっそ、聖女であればミーサウ王国に送られることなどなかったのに。聖女候補だったがために、まだ成人もしていない幼いルーシェに、国の運命を背負わせるなんて……

だからと言って、降伏条件を呑まずに聖女を送らなかったらどうなるの？　戦争は続く？

はやり病《やまい》はミーサウ王国で多くの人たちの命を奪い続ける？

……窮鼠猫《きゅうそねこ》を噛む。最悪の場合を考えて目の前が真っ暗になる。

どうせ死ぬなら道連れにしてやると、ミーサウ王国は今まで鎮静していた戦争の火を大きくするようなことはないだろうか？

戦争という目に見える攻撃を仕掛けてくるならまだ分かりやすい。

キノ王国から巫女を誘拐したりしないだろうか。いいや。無理やり連れて行く誘拐なら警戒もしやすい。

キノ王国は自由恋愛が推奨される国だ。見目のよい好男子が、巫女に言葉巧みに近づく可能性は？　巫女が選んだ男性と一緒になることは誰も止められない。

結婚詐欺じゃないけれど……ミーサウ王国に巫女を連れ去るために誘惑して連れて行く。そして、巫女として働かせ、数年後に子供を生ませる。

……幸せになれればいい。本当の愛がそこにあれば。

だけれど、利用するために近づいただけなら、巫女の能力もなくなり、子供も生めなくなった後……利用されつくした巫女たちはどうなるんだろう？

ぞっと背筋が寒くなる。

追い詰められたミーサウ王国が、どんな手段に出るのか、考えるだけで怖くなる。

ミーサウ王国の人々だけのためじゃない。

両国の平和。巫女の未来。いろいろなものが、私の腕の中に収まっている小さなルーシェの肩にかかっているのだ。

ふと、ガルン隊長の言葉が頭に浮かんだ。

『ハナは、ハナがしたいように生きればいい』

私がしたいこと……

ルーシェを逃がしてあげたい。でも、うまくルーシェが逃げ出せたとしても、何も解決しない。もっと幼い聖女候補が犠牲になるかもしれない。聖女は無理だからと、上級巫女の何人かが送られることになるかもしれない。

逆にキノ王国が、これ幸いにとミーサウ王国に侵攻する可能性だって……

せっかく、はやり病《やまい》で命が助かったのに、戦争で命を落とすの？　ミーサウ王国の国力が落ちるように、多くの人たちを見殺しにするの？

戦争なんだから、仕方がないって言うの？

戦争なんて……戦争なんて大嫌いっ！

思わずルーシェを抱き締める両手に力がこもる。

逃がしてあげたいけれど、それはできない。だったら、私がルーシェにしてあげられることは……

「ルーシェ、両国の戦争が終結するチャンスなのよ。逃げないで」

「ハナ先輩、そんな……」

マリーゼの顔がゆがむのが目に入る。

ああ、マリーゼ。あなたも小さな聖女候補を逃がしてあげたいと思っていたのね。

「私が、付いていくから……」

「ハナ先輩？」

私の言葉に、マリーゼが目を見開いた。

マリーゼに大丈夫だと伝わるよう微笑みを浮かべ、小さく頷いてみせる。

「私が、ルーシェ……あなたを守ってあげる」

戦争を終わらせる。

そして、巫女たちを守る。

ルーシェ……あなたも、守るから。

「あ、あの、私……」

ルーシェが戸惑いの声を出す。

私は眼鏡とマスクを外して、ルーシェの顔を覗《のぞ》き込んだ。

「ねぇ、ルーシェ。あなた、私に、なんで聖女じゃないのかって聞いたわよね？」

本物の聖女を知っているはずのルーシェが、私が聖女でもおかしくないと思ったのなら。身代わり……影武者になれるんじゃないだろうか。

ルーシェの奥歯がカタカタと音を立てる。

「私、怖い役目をハナ巫女に押し付けようとしたわけじゃ……」

怖いから逃げる——ただそれしか考えていなかったルーシェ。まだ若いのだから、自分が逃げたらどうなるか、そこまで考えが及ばないのは仕方がない。

だけれど、今、私の言葉で自分の代わりに誰かが同じように怖い思いをするかもしれないということに気が付いたのだろう。

「私は、聖女にはなれない」

小さく微笑んで、ゆっくりとルーシェに話しかける。

「あなたのように、手の届かない人を癒《いや》すような能力はないの。それはやはり、聖女の——聖女候補の特別な力だと思う」

ルーシェが私から視線を逸らしてうつむく。

ぽたりと、膝の上で強く握っていたこぶしにしずくが落ちた。ルーシェの涙だ。

「う……うう……」

「私にはできない。だから、私は聖女にも聖女候補にもなれない。……あなたの〝代わり〟にはなれないの……」

聖女の〝影武者〟くらいにはなれても〝本物〟にはなれない。身代わりだけをミーサウに送っても駄目なんだ。〝本物〟の聖女の安全のために〝影武者〟が同行したということならミーサウも問題にしないだろう。だけれど〝影武者〟の私だけがミーサウに行って、〝本物〟のルーシェが行かなかったら……。影武者だということがバレた瞬間に大問題になるはずだ。

ルーシェが泣く。でも、しっかりと話を聞いてくれているのが分かるから、私は言葉を続ける。

「聖女を要請されているのだから、聖女か聖女候補しかその役目を担《にな》えない……。〝聖女みたいな〟巫女が行って、癒《いや》しは代わりにできても『聖女を送らなかった』と言われてしまえばキノ王国に言い訳はできない」

ミーサウのはやり病《やまい》が収束した後、戦争を再開させようとしたらどうなるだろう。降伏条件である聖女を送る約束を破ったと、それを理由にしてしまうこともあるんじゃないだろうか。

だとすると、聖女じゃない人間を送るのは危険だ。聖女候補であれば、聖女のいない国の聖女になれる。聖女と変わりない存在だから問題ないだろう。だけど、巫女は巫女以上にはなれない。

聖女だと偽《いつわ》って聖女じゃない者を送るなんて戦争の理由を相手に与えるようなもので、危険すぎる。

「お願い、ルーシェ。私は、私ができ得る限りあなたを守る。……さっきも経験したでしょう？一人では癒《いや》しきれない人も、二人いれば癒《いや》せる」

二人しか癒《いや》せないと、癒《いや》せる人数への不安はこれでなくなればいい。

「ハナ巫女……」

うん。ルーシェが少し前向きな顔になった。

「ミーサウ王国へ一緒に行けるように、ガルン隊長にお願いしてみるからね」

私の言葉に、マリーゼが狭い馬車の中だというのに、立ち上がろうとして頭をぶつけた。

「【癒《いや》し】——マリーゼ、大丈夫？」

頭をぶつけるなんて、ガルン隊長と同じね、と言おうとしたけれどやめました。それは失礼かと思って。マリーゼに。

「マリーゼ、私も行きますというのはなしよ？　まだこの国にも癒《いや》しを待っているたくさんの人がいるんだもの。マリーゼは、あの方法を広めるための手伝いを。そして、私が抜けた後の、駐屯地の人たちの癒《いや》しを頼みたいの」

マリーゼが顔を曇らせる。

「でも……」

「お願い」

ぎゅっとマリーゼの手を握り締める。

「わ、分かりました……だけど、ハナ先輩、帰ってきますよね？」

帰って……来られるだろうか。

約束はできない。だけれど……

「帰ってきたい」

素直な気持ちが口に出る。

ああ、目を閉じれば浮かぶ、駐屯地の兵たち。熱心に訓練を積んで成長していく姿を見守るのが好きだった。

初々《ういうい》しい巫女たちが、仕事に慣れ、そして恋をしてキラキラしている姿を見るのも好きだった。

マリーゼのように、一生懸命全力で癒《いや》しを行う巫女の姿を見るのが好きだった。

手の豆を何度もつぶして、いつしか皮膚が硬くなっていくマーティーのような青年を見るのも好きだった。

それから……隊長が、ばつが悪そうな顔をして怪我を治してもらいに来る日常が……

ガルン隊長に頑張ったなと頭を撫でられるのも、頑張りすぎるなと叱られるのも、大好きだった。

私は、不安そうなルーシェの顔を見る。

「だけど、とにかく今は、ミーサウ王国で苦しんでいる人たちを一人でも多く救いたい」

帰れるかどうか、考えすぎて不安になるよりも、目の前のことに集中したほうがいい。

「ふふ、ハナ先輩は……うん、そうですよね。どの国の国民なんて関係なくて、目の前に怪我人や病人がいれば助けちゃう人でした」

目からは涙が零《こぼ》れ落ちているけれど、マリーゼは笑っている。

「私、考えました。ハナ先輩がルーシェに付いていける方法」

「ん？」

「ガルン隊長に頼んでも無理だと思います」

え？　それはなんで？

「ガルン隊長は騎士だし、領主子息で侯爵家の人間だし、発言力はあるんじゃない？」

私の質問に、マリーゼが涙をぬぐうと、にぃっと笑う。

「ガルン隊長が、俺も付いていくって言ったらどうします？」

「は？　総隊長が、無理でしょ？」

首を傾げると、マリーゼが首を横に振った。

「どうでしょうね。総隊長としての役目があるから、総隊長としての役目も大切ですが、聖女候補の護衛という役目も大切ですから。

むしろ騎士であり有力貴族でもあるガルン隊長にならば任せられるとか言われて、認められちゃうんじゃないでしょうか」

……う。確かに、ありえないとは言えない。

「……ガルン隊長が、自分も連れて行かなければルーシェへの同行を上に頼まないって、そんなこと言うかな？」

ハナの好きなようにと言ってくれてたのに？　ハナが好きなようにするから、俺も好きなようにすると言い出したりするってこと？

いやいやいやいや。

「さすがに、たかが巫女一人に付いて行こうなんて」

ないよねぇと、同意を求めるようにマリーゼを見る。

すると、はーっと、マリーゼは大きく息を吐き出した。

「ガルン隊長に大切に思われている自覚、ないですか？」

「えっと、そりゃ、その、確かに、他の巫女と比べて必要とされてるんじゃないかなとは……」

「大切な巫女を、今の今まで敵国だったところへ一人送り出すなんてできると思います？」

それを聞いて私は、ガルン隊長を思い浮かべる。

「面倒見がよくて、駐屯地の皆のことを家族のように思っていて……。巫女が辞めていけば娘を嫁に出すようだと言っていたこともあるし……。ああ、マリーゼの言う通りかも。大事な娘を敵国に一人送り出すわけにはいかない！　って思い詰めそうだね……」

そう答えると、マリーゼがガクッとうなだれた。

「いや、ハナ先輩、ちょっとさすがにかわいそうなので、お父さんとか言わないであげてください」

マリーゼの言葉に、ハッとして口を押さえる。

「だよね。行き遅れの私からすれば、ガルン隊長とは六、七歳くらいしか違わないわけだし……」

家族のように大切に思っていても、さすがにお父さんって言うのは失礼だよね。失言失言。

「と、とにかく、ガルン隊長には頼まないほうがいいと思います。むしろ、ガルン隊長には知られないほうがいいくらいで」

ガルン隊長に黙ってミーサウ王国へ？

「でも、だったら、どうしたら……」

「こうしたらいいと思うんです」

マリーゼが声を潜《ひそ》める。

まぁ、馬車の中なので、誰かに聞かれる心配など元からないのだけれど、作戦会議となるとひそやかにしてしまうのは、なぜでしょう。

「ルーシェ、これでいいかな？」

作戦会議の最後にルーシェの意思を確認する。

「私……怖いけれど、でも、逃げることも怖かったの……」

ルーシェのほおから再び涙が落ちた。

けれど、今度は震えてもいないし、気持ちはずいぶん落ち着いているようだ。

ぎゅっと、ルーシェがしがみついてきた。私はふんわりと腕をルーシェの背中に回す。

ルーシェは、崖の下に落ちた人を迷わず助けた。巫女の……いいえ、聖女候補の力を見せることで、正体がばれて逃げることが難しくなるかもなどと考えもせず、助けた。

あの騒動に乗じて逃げてしまえばよかったのに、そうしなかった。

誰かを見捨てて逃げることができないのだ。

「ルーシェ、一緒に行こう。大丈夫。私と一緒なら、何人でも助けられる。いっぱい、いっぱい助けにミーサウ王国に行こう」

そう言うと、私の肩に顔をうずめているルーシェがこくんと頷いた。

聖女はすごい力を持っているという知識しかない人間からすれば、当然多くの人を救えるのだと期待する。

期待され、その期待に応えられないことは、どれほど辛いことなのだろう。

私は下級巫女だ。小さな傷が治ればいい、痛みが和《やわ》らげばいい、風邪の症状が楽になればいい……その程度しか期待されない。

だけど、ルーシェと一緒に巫女としてミーサウ王国に行くのならば……下級巫女さえほとんどいない国では、下級巫女はどう思われるのか。もし、能力以上の癒《いや》しを期待されて、それに応えられなかったら……

昔を思い出す。

思うように人を癒《いや》せなかったころ。まだ、巫女になる前で、目の前で命の炎が消えていく人をなすすべもなく見送るしかなかった、あの日。

力が及ばない恐怖は今も覚えている。

「あ、寝ちゃいましたね」

マリーゼの声に、肩に乗っているルーシェの頭が重たくなったことに気が付いた。

「ずっと気を張っていたのね……かわいそうに」

ルーシェの背中をさするように撫でる。

「……あの、ハナ先輩……いいんですか？　本当に……」

ミーサウ王国に行くということ？

どうせこの後は、どこかで仕事を探すつもりだった。

それが中級巫女として神殿で働くのではなく、職場が隣の国になるというだけだと考えればいい。

それなのに、マリーゼの問いに「いいんだ」という言葉がすぐに出てこなかった。キノ王国内にいれば、会いたい時に会いに行ける。ミーサウ王国に行ってしまえば……

「会えなくなる……」

誰に？

「やっぱり、それは気がかりですよね！　分かりました。なんとかしますっ！」

マリーゼがポンッと手を打つ。

「マリーゼ？」

「氷の将軍に会えないままミーサウ王国に行くのは心残りですよね！」

いやいや、違う、氷の将軍のことなんて考えてないって！

「あのね、マリーゼ」

そもそも、なんとかするって、どうなんとかするというのか……。氷の将軍なんて雲の上の人で、ただの下級巫女がおいそれと会える立場の人じゃないのに。

マリーゼは、ああでもないこうでもないと頭をひねり始めた。こうなったら、もう止めることはできない。えーっと、することもないし寝ようかな。おやすみなさい。


馬車が止まる。さぁ、計画発動。

馬車のドアが開き、ガルン隊長が顔を覗《のぞ》かせる。

「王都に着いたぞ」

「ご苦労」

「は？」

ガルン隊長に初めに声をかけたのは、ルーシェだ。

聖女候補としての威厳を見せるために、作戦通り私たちと話をしていた時と口調を変えている。

「だ、誰だ？　いや、あの時いた少女か？」

ガルン隊長は、いるはずのない少女が突然馬車に姿を現したこと、それなのに私やマリーゼが平然としていることに驚いたようだ。

「あの、ガルン隊長、彼女を王城へと連れて行ってもらいたいんですけど……」

王城なんて、私には縁遠い場所だけれど、聖女候補のルーシェはその王城から逃げてきたと言うので、帰る場所は王城ということになる。作戦決行のためには私も……王城に行かなくては。

「は？　王城？　待て、どういうことだ、この子は誰だ？　なぜ馬車に、いや、いつから馬車に？

ハナ、説明を求む！」

ガルン隊長が珍しく混乱している。

「私はルーシェ。聖女候補です。散歩に出たところ道に迷ってしまった私を、ハナ巫女が助けてくれました」

「は？　聖女候補？　いやいや、道に迷うにしてはずいぶん遠くないか……？」

ギクリ。

さすがに散歩という言い訳は苦しかっただろうか。でも、逃亡したとは言えないものね。

隊長がルーシェを見たのは崖の上から馬車が転落していた場所。王都からあそこまでは馬車で半日くらいの距離があるから、とても散歩するような距離ではない。

「迷ってうろうろしている間に遠くに行っちゃったらしいんです！　きっと、お城でもルーシェ……聖女候補のルーシェ様が姿を消して探しているはずだから、急いで送っていったほうがいいと思うんです」

私がそう取《と》り繕《つくろ》うと、ガルン隊長がうーんと、少し考えてから頷いた。

「分かった。とりあえず王城へ使者を立てよう。聖女候補が城からいなくなった事実があるのか。

こちらが保護したルーシェと名乗る少女が、聖女候補なのか。確認が取れ次第、送っていこう」

決めたからには、ガルン隊長の行動は早かった。

使者を立てるとともに、隊へ今後の行動を指示し、王都の状況把握のために人を必要な場所に送る。

「ハナとマリーゼはどうする？」

演技。演技。いつもの私なら当然すると思われる行動を見せないと。

「私はすぐに神殿へ。必要なら癒《いや》しを手伝いますし、町で得た効率的な癒《いや》しの方法を伝えて回りたいです」

不自然な受け答えじゃないよね。

私の言葉に続けて、マリーゼも演技する。

「はい。私もハナ先輩と一緒に」

すると、ガルン隊長がふっと笑う。うー、ばれてないよね。

「まぁ、そう言うと思った。だが、王都に着いたばかりだし、もう日も暮れるだろう。ひとまず宿……嫌でなければ王都にあるうちの屋敷に」

王都にある屋敷？　ああ、ガルン隊長は侯爵家の人だもんね。各地にいる貴族は、社交シーズンに王都に滞在するための屋敷を持っていると聞いたことがある。

「それには及びません。ハナ巫女には、一緒に王城へ行っていただきます」

ルーシェの言葉に、ガルン隊長が驚く。じゃない、私も驚いたふりをしないと。

一緒にミーサウ王国へ派遣されるためには、ルーシェと離れるわけにはいかないというのが私たちの結論だ。ルーシェが私を伴わないとミーサウに行かないと言えば、一緒に行けるだろうと。

マリーゼ頭いいよね。そりゃそうだよ。ルーシェは一度行きたくなくて逃亡してるくらいだもの。私と一緒なら、素直にミーサウへ行くというのであれば、ノーとは言えないよねぇ。

うん。ガルン隊長経由で頼んでもらうよりも確実だと思う。

「ルーシェ様？」

私は驚いたふりをして声をあげる。

「迷子の私を助けてくれたお礼もしなければならない。それに、一人で帰るのは正直不安もある……一緒に行ってくれぬか？」

ルーシェが演技がかった口調で話す。

演技だとは分かっているけれど、言葉には本心が宿っている。

「はい、分かりました」

私も演技を超えて、本心が口をついて出る。一人にしない。守る。不安に思わないで。安心して。

「ガルン隊長、私、ルーシェ様に付いて行ってあげたいんですが……」

「ああ、分かった」

ルーシェの顔を見て、ガルン隊長が自慢げな顔をする。

「ルーシェ様、ハナは……ハナ巫女はとても優秀な巫女です。下級巫女という立場ではありますが、知識も経験も国一番だと思っています」

ガルン隊長……

国一番なんて言いすぎ。親馬鹿みたい。あ、またガルン隊長を親とか……失言失言。
っていうか、経験が国一番って、単に長い間巫女やってる行き遅れって意味ですから！　悪気はないんだろうけれど。

ふふふ。隊長らしい。

「隊長……ありがとうございます……」

隊長らしくて、涙が吹っ飛ぶ。

ねぇ、私が行くのは王城じゃないんだよ。

付いて行くのは、ミーサウ王国。もう、戻れないかもしれない。

さようなら、隊長。もう、これが一生の別れになるかもしれない……

今まで、本当にありがとうございました。

頭を下げた途端、吹っ飛んだと思っていた涙があふれそうになり、ぐっとこぶしを握り締める。

「いや、お礼を言われるようなことはしてない。むしろ、聖女候補様を助けるなんて、さすがハナだよ。行ってこい。終わったらうちの屋敷に案内させるように頼んでおくからな」

ガルン隊長の優しい声。忘れない。

戦争が終わったら……。戦争を終わらせて、いつか、戻れる日が来たら……

顔を上げると、ガルン隊長はマリーゼのほうを向いていた。

「で、マリーゼはどうする？　ハナと離れて一人になるが、屋敷に来るか？　顔見知りの兵と同じ宿のほうが気が休まるというのなら」

「はい、隊長。ちょっとお願いごとというか大事な話があるので、ぜひ屋敷に！」

マリーゼの言葉に首を傾げる。

え？　計画にそんなのなかったよね？　何？

「ふふふ、ハナ先輩、頑張って！」

マリーゼはぐっと親指を立てた後、隊長の背中を押して去っていった。

マリーゼが隊長に大切な話って？　私がミーサウ王国へ行った後のフォローでもしてくれるのかな？


馬車が王城に近づくと、城門付近にはたくさんの人間がいた。兵に、侍女らしき人。それから文官だろうか。

わらわらと、あっという間に馬車が取り囲まれる。

ドアが開くと、立派な服を着た口髭《くちひげ》のおじさんが立っていた。

「ルーシェ様、ご無事で……先ほどガルン様より伝令が参りました。迷子になっておられたとか。さぁ、こちらへ」

おじさんがルーシェに手を差し出した。だけど、ルーシェは手を取らずに私を振り返る。

「ハナ巫女も一緒に」

「ルーシェ様、大丈夫でございます。ハナ巫女は準備が整い次第、ルーシェ様のお部屋へとお連れいたしますので」

おじさんの隣に立っていた、少しきつめの印象の女性がそう言って頭を下げる。

「分かりました。じゃあ、ハナ巫女、また後で」

「はい、ルーシェ様」

馬車を降りると、王城の隣にある建物へと連れて行かれる。

「まったく、何だって私が下級巫女の世話なんか……」

周りに人がいなくなると、私に聞こえるように女性が声をあげた。

どうやら歓迎されてないようです。

「ほら、あなたたち。湯あみの準備と、この娘の着替えを」

隣の建物に入ると、侍女たちが……いや、侍女と服装が違うので下働きの女性だろうか？　洗濯を畳んだり、銀食器を磨いたりと忙しく仕事をしていた。

「湯あみ？　新しい侍女ですか？」

「こんな野暮ったい娘……お城に上がるんですか？　人が足りないなら、私が行きますっ！」

若い娘たちが手を止めて私の周りに集まる。

「この娘は、下級巫女だよ」

「はぁ？　下級巫女？　なんで下級巫女がこんなところに？」

繕《つくろ》いものをしていた女性に、じろりと睨まれた。

「お城で働かなくたって、巫女ならいくら下級とはいえ、いい男が周りにいるだろう？　私らの狩場を荒らさないでほしいものだね」

か、狩場……

うひゃ。なんだか怖いところに来てしまいました……

「大方、誰にも相手にされなくてここに来たんじゃないのかい？」

「ぷっ、そうかも。こんなだっさい眼鏡にマスク、誰も相手にするわけないわよねー」

「眼鏡とマスクを取ったらもっと相手にされない顔なのよ。かわいそうでしょう」

「あはははは、必死に不細工を隠してるって？」

「でも、湯あみはそのままじゃ無理だから、早く外しなさいよ。ここには女しかいないのに隠してたってしょうがないでしょ」

そう言って、背の高い女性が私の顔からマスクと眼鏡をはぎ取った。

ああ、病人みたいに真っ白で不気味な顔がさらされてしまう。

ほら、皆の動きが止まっている。

すみません、薄暗い室内では不気味でしたよね。

やがて、動きを止めていた人たちが、まるで何も見なかったと言わんばかりにそそくさと仕事に戻り始めた。

そして、マスクと眼鏡を外した女性はささっと、私の顔にそれらを戻す。

「ご、ごめんなさい、その、冗談だったの。あの、えっと……」

と言って、慌てて席に戻っていく。

「誰よ、不細工だなんて言った人っ」

「狩場を荒らすとかそんなレベルじゃないわよっ」

「どうしよう、絶対、位の高い人の目に留まるよね」

「うん、あれは……私たちよりあっという間に上の立場になる」

「さっきのこと覚えていて、あの時はよくもとか言われないかな……」

ぼそぼそと何か話をしているようだけれど、何のことだろう。

とりあえず、誤解だけは解いておこうかな？　狩場をなんとかって、結婚相手を探すっていう意味だよね？

「誤解しているようですが、私は結婚相手を探しに来たわけではありません。聖女候補のルーシェ様のお手伝いをするために来ました」

だから、すぐに王城からはいなくなってミーサウ王国に行く……と、続けようとして口をつぐむ。

ルーシェがミーサウ王国へ行くことはまだ秘密事項かもしれない。そもそも、私が無事にルーシェと一緒に行けるかも分からないのだ。

皆から反応がない。うーん、まだ誤解が解けてないのかな。どうしよう。

「痛っ」

と小さな声が聞こえた。

繕《つくろ》いものをしている女性が指を口に運ぼうとしている。針で指を刺したのかな。

「大丈夫ですか？　【癒《いや》し】を」

ちょいっと癒《いや》しを施《ほどこ》す。

「え？　あ、いや、ありがとうございます」

ぽかーんと、針仕事をしていた女性が私の顔を見る。

あれ？　なぜぽかん顔？

「下級巫女でも、これくらいは簡単に癒《いや》せますよ？」

私でなくても、針を刺した小さな傷くらいなら、見習いを卒業すれば癒《いや》せる。

「いや、そうじゃなくて、こんな軽い傷にわざわざ癒《いや》しなんて……」

あ。そうか。またやってしまった。マリーゼにも乗り物酔いに使った時に怒られたんだった。

でも、誰かが怪我をしたり苦しんでたりすると、つい助けたくなって。というよりほぼ条件反射？

「えーっと、下級巫女なので、逆に、その、大きな傷は治せませんから、軽い傷に癒《いや》しを施《ほどこ》すのが仕事というか……」

笑ってごまかそうとしてみるけれど、そんなはずないでしょうという目を向けられる。

駐屯地では普通なんですよー、と言ったらごまかせるだろうか？

えーい、こうなったら、もうやけだ。

「あの、肩、辛くないですか？　バランスが悪いようなのですが、痛めたほうをかばっていませんか？　【癒《いや》し】」

怪我や病気ではないちょっとしたものを癒《いや》すのが下級巫女の私の仕事だと、全力で主張しよう。

手慣れた様子を見れば日常だと思ってもらえるかも。

「あなたは、水仕事であかぎれがひどいみたいですね。またすぐに切れてしまうかもしれませんが、【癒《いや》し】」

目につく彼女たちの不調を次々癒《いや》していく。

癒《いや》せば癒《いや》すほど、驚きの目が次々に向けられる。

やばい。逆効果だったかな。でも、ここまで来たらやめられない。

私の眼鏡とマスクを取った女性は腰を痛めていたようで、それも癒《いや》す。背が高いとかがんで作業することが多いから、背骨がずれて痛むことがある。

「あ、ありがとう……その、本当にさっきはごめんなさい」

何を謝るのだろう。さっきも冗談だったのごめんなさいって謝ってくれたのに。

私が怒っているように見えているわけじゃないよね？

「信じられないわ、今まで中級巫女に癒《いや》してもらってもこれほど楽になったことはないのに」

「本当？　でも下級巫女って言ってたよね？　どういうこと？　その中級巫女が無能だったんじゃなくて？」

「っていうか、全員癒《いや》してない？　普通、あんな人数癒《いや》せる？」

うわー、やりすぎた？　ごまかそうとして逆にやりすぎた？

下級巫女だけどちょっと力が強いっていうのを説明したほうがいい？　ああでもわざわざ行き遅れなのでとか言うと、男を漁《あさ》りに来たとまた勘違いされてしまう。

まぁいいや。皆さん仕事でいろいろ痛めていらっしゃるようで、感謝されました。役に立ててよかったということにしておこう。ざわざわ噂をしている皆の姿は、見なかったことにしよう。うん。きっとすぐに忘れるよね。下級巫女のことなど。

こうして一通り皆の不調を癒《いや》した後、私をここに案内してくれたキツイ顔つきの女性に話しかける。

「どこか不調があれば癒《いや》しますよ？」

すると硬い表情をしている女性が、小さい声でつぶやく。

「聖女候補の手伝いと言ったかしら……？　なぜ、下級巫女だと偽《いつわ》って？」

「えっ……」

いえ、何も偽《いつわ》ってませんけど。

なぜだろうと、首を傾げる。

「悪かったわ」

また、謝られました。だから、別に何も悪いことしてないですよね？　なんで？

「さぁ、湯あみの準備が整ったら、体を洗って、これで拭いて。着替えはどうしましょうか」

女性はさっと仕事モードに切り替えて、てきぱきと動きを再開する。

着替え？　そういえば、ルーシェが着替えの入った荷物を馬車から出しちゃったんだよね。

「着替えは持っていなくて……」

「ルーシェ様からのご指示もないですし、とりあえず侍女の制服でも構いませんか？　新しいものがありますので」

侍女の制服というと、目の前にいる女性たちが身に着けている服装だろうか。濃紺の足首まであるワンピースに、大きなポケット付きのエプロン。巫女服と似たデザインだ。ただ違うのは、エプロンに治療に必要のないフリルがフリフリとついているということだ。

とりあえず着替えを受け取ろうとしたところで、下働きの女性が部屋に入ってきた。

「失礼します。こちらにハナ巫女はいらっしゃいますか？」

「あ、はい。私です！」

「ハナ巫女にお客様が来ているそうなんですが、一緒にいらしてもらえますか？」

「お客様ですか？」

なんで、王城に？

「湯あみの準備はしておきますので、行ってきて構いませんよ」

世話係の女性にそう言われたので、下働きの女性に付いて行く。

建物を離れ、兵の宿舎へと続く小道を通る。

「あそこに東屋《あずまや》があります。そちらでお待ちいただくようにと」

言われた先に視線を移すと、確かに小さな東屋《あずまや》があった。

バラの蔓《つる》が四方に絡んでいる。花が咲く季節はさぞ美しいだろう。しかし、今は不用意に近づくと棘《とげ》にやられそうだ。

下働きの女性が立ち去り、言われた東屋《あずまや》に一人で向かう。

誰だろうか。王城にいる私にわざわざ会いに来る人なんて、まったく思いつかない。

東屋《あずまや》にはベンチが一つだけ置かれている。うーん、座って待つべきか。そもそも、いつ来るのか……

「あ」

ベンチに座ろうかどうしようか躊躇《ちゅうちょ》していると、後ろで涼やかな声が聞こえる。

振り返ると、見知った顔があった。

駐屯地近くで背中の傷を癒《いや》した男の人だ。

「我が聖女……なぜ、ここに……」

我が聖女、ね。本物の聖女がいらっしゃるはずの王城で聞くなんて思わなかった。

「あの、ハナです。ハナと呼んでください」

「ハナ巫女……。その、どうして、あなたがここに？」

男の人は、相変わらず、とても美しい顔をしている。

その顔に、優しい笑みが浮かんでいるものだから、うっかり見惚れてしまいそうになる。

よかった、マスクと眼鏡をしていて。ぽーっとした間抜け顔を見られずに済んだ。

どうしてここにという説明は……。えーっと、まだルーシェがミーサウ王国に行く話はしちゃ駄目だよね。

決定事項じゃないし、国と国との取引に関わることなんだし。……って、あれ？

「あなたこそ、どうして？」

そうだよ。どうしてこんなところで会うんだろう？

一度目は、駐屯地近くの森。二度目は領都。そして、今度は王都。

二度目までは偶然だったとしても、三度目——王都は王都でも、王城の敷地内なんて、普通の人は入れないはず。

「運命でしょうか。運命の導きで、こうして巡り合うことができた」

男の人がうっとりしたような顔で、私に手を差し伸べた。

おかしい。私の顔を見てうっとりするなんてありえない。すごくモテそうな人なのに。

ちょっと待って。

本当に、偶然って三回も重なるものなの？

一度目は、駐屯地の近くの森……。駐屯地は、敵国ミーサウ王国と小競り合いを繰り返す最前線。

背中の傷は誰につけられたもの？　盗賊だと思っていたけれど、本当にそうなのかな？　あの時、ガルン隊長は見慣れない者を見なかったかと聞かなかったか？　盗賊のことではなく、敵国の人間……この人のことだった可能性は？

普通の人が入れない王城の敷地になぜこの人はいるの？　敵国のスパイ？

馬車の中で考えていたことを思い出す。

ミーサウ王国の人間が、巫女をたらし込んで誘拐しようとするかもしれない。背中を癒《いや》したことで、巫女として目をつけられた？　行き遅れの私なら簡単に落ちるだろうと思われたとか？

「そうだ、ハナ巫女、これからお時間いただけますか？　ぜひお礼をしたいのですが。我が聖女が望むものなら何なりと」

私のことを我が聖女なんて……これはおだてのつもりだろうか？　聖女扱いなんて尋常じゃない。この手を取っては駄目だ。

「ハナ巫女……」

いつまでも差し出した手を取らない私に、青い綺麗な瞳が切なげな色をのせる。

ドキリ。いやいや、騙《だま》されない。こんな完璧な人が私に恋してるような目を向けるわけがない。演技だろう。

なぜ、演技する必要が？　やっぱり、ミーサウ王国の……？

分からない。どうしよう。怖い。やばい。

「わ、私、人と会う約束が……」

嘘じゃない。誰かと会うためにここに連れて来られたんだもん。

「人と？」

そう。誰か来る。そう言えば、悪だくみがばれてはいけないからと姿を消すだろうと思ったのに……

「こんな、人気《ひとけ》のない東屋《あずまや》で、誰と会うつもりでしょうか？」

うん、確かに人気《ひとけ》のない東屋《あずまや》ではある。それに、誰と言われても私だって分からない。

首を横に振れば、男の人がショックを受けたような顔をした。

「私には言えないのですね……それは、その、大切な人と会う約束をしていると……？」

大切な人？　それは恋人とか？

そんなんじゃないけれど、そう思ったのなら、あきらめてもらえるだろうか。

私は小さく頷く。

「我が聖女……」

男の人がふらりと後ろにふらつき、そして東屋《あずまや》の柱に手をついて体を支えた。

「あっ！」

手をついた場所にはバラの蔓《つる》が。

無数の棘《とげ》に、男の人の白くて綺麗な手が傷つき、血が蔓《つる》を伝って東屋《あずまや》の柱を赤く染める。

「大丈夫ですかっ！」

とっさに男の人の手を取り、傷の具合を確認する。

先ほどまで、この手から逃れようとしていたことなどすっかり忘れてしまった。

【癒《いや》し】」

男の人の手のひらは、白くて綺麗な甲とはまるっきり違い、剣だこや豆でがちがちになっていた。

相当の手練《てだ》れに見える。

「ああ、やはり、あなたの癒《いや》しは心地がいい……とても、心地が……」

血が止まったのを確認して顔を上げると、綺麗な顔が、すぐ目の前にあった。

「お願いです」

ドキドキ。

まずい、まずい、ドキドキしてる場合じゃない。逃げなくちゃ。うん、このドキドキは恐怖なんだ……って、ううん、目の前にある顔はちっとも怖くはない。怖くないのが怖い。

騙《だま》してミーサウ王国へ連れ去ろうとしているのであれば、恐怖を感じてもいいはずなのに、まったく恐怖を感じない。それが逆に怖い。

熱を持ってかすれた声。お願いごとは聞きたくない。聞いちゃ駄目だ。

「私を見てください」

見ろってどういうこと？

マスクと眼鏡が外される。レンズ越しじゃない男の人の瞳。ああ、駄目だ。目を見ると説得力が増すというマリーゼの言葉を思い出す。

「綺麗です、ハナ巫女……」

何を言っているの。まるで本心のように聞こえて怖い。

「あなたの大切な人は、あなたの何を見ているんでしょう。もし、あなたの綺麗な姿だけを見ているなら……」

だから、私は綺麗なんかじゃない。何を言っているの。

「だが、私は違う」

男の人はそう言って、私の眼鏡を元に戻す。そして、落ち着いた様子でマスクも私の顔に戻し、丁寧にひもを結ぶ。

「そんな薄っぺらな表面など、私には関係ない。ああ、我が聖女……なんと伝えたらよいのか」

言っている意味が分からない。

「どうか、私と一緒に」

一緒にミーサウ王国へ来いと言うの？　やっぱり、この人は……

足が震え出す。逃げないと。でも、まるで何かにとらわれたかのように、彼から目を逸らすことができなくて。

「ハナ巫女っ！」

突然、遠くから私を呼ぶ声が聞こえてきた。

とっさに男の人の手を振り払い、声のしたほうを振り返る。

こちらへ近づいてくるのは、マーティーだ。

「マーティーっ！」

「マーティー？　その青年が、あなたの大切な……？」

後ろで男の人の声が聞こえたけれど、私は構わず東屋《あずまや》を飛び出しマーティーのもとへ駆けていく。

「あきらめませんよ」

そんな声が聞こえた気がして振り返ると、すでに東屋《あずまや》はもぬけの殻になっていた。

逃げた？　マーティーに見られては困るから？　ますます怪しい……

やはり、私の想像通りの人物なのだろうか。

そんな人間が、王城の敷地にまで忍び込めるなんて……

恐怖に全身が震え出した。

「ハナ巫女？　大丈夫ですか」

マーティーの両腕が背中に回る。私も、両手をマーティーの背中に回した。

ああ、ぎゅっと抱き締められて安心する。

「マーティー……」

情けないけれど、震えが止まらない。今はこの手がありがたい。

「どうしたんですか？　ハナ巫女」

「ちょっと、その……蛇が……」

マーティーになんと言っていいのか分からなかったので、とっさに嘘をついた。

「蛇ですか？　ハナ巫女は蛇が怖いんですか？　大丈夫です。僕が守ります。周りにはいませんよ」

マーティーの両腕に力が入った。

「蛇は、いません」

安心させるかのように、再び耳元にマーティーの声。

おかげでようやく震えが止まった。

「ありがとう、あの、もう、大丈夫だから……」

「ハナ巫女……戻りましょう」

戻る？　あれ？

「まだ、会ってない」

客という人に。

「こんな人気《ひとけ》のない場所で誰と会うんですか？　……会わないで。誰かに聞かれたら、行ったけれど来なかったと言えばいい。すれ違ったと言えば……」

いやいや、それは駄目だよね？

「駄目だよ、マーティー。待ちぼうけをさせるわけには……」

それこそ、こんな人気《ひとけ》のない東屋《あずまや》で。もし、私を呼んだ人がマリーゼみたいな若くてかわいい巫女だったら……誰に狙われるか。

「じゃあ、僕が一緒にいます。いいですよね？」

マーティーが私の両肩をつかんで顔を覗《のぞ》き込む。

「ええ。もちろん」

もし、他に人がいたら困ると言われたら、その時だけ離れてもらえばいい。

マーティーがいてくれたほうが、あの男の人ももう来ないだろうし。

そう思い、二人で東屋《あずまや》の一つしかないベンチに並んで腰かける。

……ずいぶん狭いベンチだ。二人が座ると体が密着してしまう。

「ハナ巫女……」

膝の上に置いていた手の上に、マーティーの手が重なる。

手の甲に、マーティーの手のひらの豆の硬さを感じ、先ほどの男の人の手を思い出す。

ああ、もう！　思い出したくないのに。

「そういえば、マーティーはどうしてここへ？」

「ガルン隊長に言われて。自分はいろいろとすることがあってそばにいてやれないから、僕を連絡係にと」

なるほど。でも連絡係なんて本当はいらないんだよね。

むしろ、内緒のまま、ミーサウ王国に出発するつもりなので……

「ごめんね、マーティー。でも、マーティーも疲れているでしょう？　騎士選抜試験もあるし、ゆっくり宿で休みたいわよね？」

「いいえ、とんでもない。騎士選抜試験は、このはやり病《やまい》でどうなるか分かりませんし、そもそも僕の一番はハナ巫女です」

僕の一番？　優先順位は騎士選抜試験よりも、ガルン隊長から命じられた仕事っていうことかな？

私の動向をガルン隊長に報告されたら、計画が台無しになる。内緒でルーシェに付いてミーサウ王国に行くという計画が……

「えっと、特に連絡することもないから、マーティーを休ませてあげてと、ガルン隊長に伝えてもらえる？」

私のお願いに、マーティーは首を縦に振ることもなく、横にも振らない。

命令を拒否することもできず、実行することもできず……っていうことかな。

「じゃあ、マーティー、私が王城を出るまで、逆にガルン隊長に何も伝えないでいてもらえる？」

「ハナ巫女、僕をそばに置いてくれるんですね。分かりました」

マーティーが嬉しそうに、にこりと笑う。

ごめんね。ガルン隊長がハナのところへ行けと言ったのに、私がガルン隊長のところへ戻れなんて言えば、そりゃ困るよね。

マーティーの笑顔を見て、自分がどれだけ無理なことを言ったのか反省。マーティーには一緒にいてもらって、ガルン隊長には私が城を出た後に詳細を伝えてもらおう。

あ、隊長宛てに手紙を書いて、それを持って行ってもらおうかな。

さすがに、今までお世話になったお礼も言わずに去るのはひどすぎるだろうし。

そんなことを考えながら、しばらく東屋《あずまや》にいたけれど、結局待ち人は姿を現さなかった。

いったいいなんだったんだろう？

王城に到着してから三日後。

「ルーシェ聖女候補よ、聖女代理としてミーサウ王国へ行ってくれるな」

正式にルーシェへ、陛下から命が下された。

「かしこまりました。ですが陛下、一つお願いがございます」

ルーシェが壁際に立っている私に視線を向ける。

ルーシェが計画通りに私の同行を願い出た。

「ハナ巫女を、一緒に派遣してください」

「巫女？　その娘はルーシェの侍女ではなかったのか？」

陛下の言葉に、私は深々と頭を下げる。

王城に来た初日に湯あみをして侍女服に着替えてから、ずっとその服でルーシェと過ごした。そのほうが一緒にいるのに自然だったのもあって。

気が付けば、すっかり侍女姿が板についたという……。さすがに城の侍女が眼鏡とマスク姿でうろうろするのは怪しいだろうと、マスクは外して過ごしたけどね。

眼鏡は、宰相補佐官や城勤めの人も何人かつけているので問題にはされなかった。

ルーシェのお願いに、陛下が、うーむと顎髭《あごひげ》に手を伸ばし考え込む。

「陛下」

陛下の斜め後ろに立っていた宰相が口を開いた。五十前後のでっぷりとした男だ。

「侍女であればルーシェ様へ同行していただいても構わないでしょうが、巫女の流出は控えるべきかと」

「そうじゃな。ルーシェ聖女候補、侍女は好きなだけ同行を許そう。だが、我が国からこれ以上ミーサウ王国へ巫女を送るわけにはいかぬ」

あら。マリーゼの計画が裏目に出た。このまま侍女のふりをして付いて行けばよかったね。

「わ、私は、私の身の安全のために、ハナ巫女にはどうしても同行していただきたいと思います。それが叶わぬのであれば、ミーサウ王国へは行きません」

「陛下の命に逆らう気か！」

陛下に反論したルーシェを、宰相補佐官がカッとして怒鳴りつける。

「黙りなさい」

今度は宰相が補佐官を叱り、ルーシェのほうを見る。

「ルーシェ様、あなたをミーサウ王国へ派遣することも我が国としては苦渋の決断です。その上、巫女を同行させるなど。残念ですが……」

宰相がそう告げるものの、ルーシェは納得する姿勢を見せずに王をまっすぐ見つめて言う。

「陛下は、私がどうなろうとも構わないとおっしゃるのでしょうか？」

「いや、そうではない。ミーサウ王国に派遣された後、ルーシェ聖女候補の待遇は保障してもらうし、護衛も十分につける。どうなっても構わないなどとは決して思っておらぬ」

陛下が困った表情を見せる。

するとルーシェはたたみかけるように続ける。

「ですが、ミーサウ王国には巫女がいないのではありませんか？　では、私が病《やまい》に臥《ふ》した時には、誰に癒《いや》してもらえと？」

その言葉に陛下がはっとなる。

「私は、両国の戦争終結のために派遣されるのでしょう？　その私の身に何かあれば？」

「確かに……そうじゃな」

陛下が、宰相の顔を見る。すると宰相が頷いた。

「ルーシェ様、配慮が足りずに申し訳ありませんでした。ルーシェ様の癒《いや》しを行える巫女を同行させましょう。申し訳ございませんが、我が国としても貴重な人材である上級巫女はお連れできませんので……」

「あら、それならハナ巫女を連れて行ってもいいわよね。ハナ巫女は下級巫女ですもの」

宰相の顔がぱぁと明るくなる。

「下級巫女でしたか。それであれば、お連れいただいて構いません」

下級巫女なら連れて行ってもいい、そもそも巫女を同行させる気はなかった……って。

ルーシェに何かあった時はどうするつもりだったのだろう。

……いや、もしかして……ルーシェに何かあるのを期待してる？

我がキノ国の送った聖女候補に対する不誠実な行いなど許せぬ、戦争収束条件を反故《ほご》にされたとかなんとか言って、再びミーサウ王国に攻め込むとか？

幸いにして、キノ国は巫女の数が多いため、はやり病《やまい》は近く収束する見通しだ。一方ミーサウ王国は、聖女を派遣してもらうために降伏せざるを得ないくらい、はやり病《やまい》に国力をそぎ落とされているとすれば……

キノ国は攻め込むチャンスだ。

だが、もし、降伏する条件を呑んで平和的に戦争終結したにもかかわらず、その約束を反故《ほご》して攻め込むようなことがあれば、他の国からの非難は避けられない。キノ王国は約束を破る国だと思われれば、他国との関係に響く。

だから、攻め入るにも理由がいる。

まさか……ルーシェを捨て駒《ごま》にするつもり？

というのは、さすがに考えすぎか？

陛下の考えも、宰相の思惑も、何も分からない。

単に巫女をたくさん送って、キノ王国から巫女が減ることを嫌がっているだけかもしれないし、
ミーサウに巫女が増えて、また戦争に巫女が利用されるのを懸念しているのかもしれない。

分からないけれど……。私のすることは一つだ。

ルーシェを守る。巫女として。


こうして、無事にルーシェに同行できることになったのだけど……

計画通りに事が運んだはずなのに、少しも嬉しくない。心が落ち着かなくて、一人になりたくて、
気が付けば東屋《あずまや》に足を向けていた。

「あっ」

人影がある。

そうだ、ここにはあの謎の男がいた場所だ。

慌てて見つからないように背を向けようとしたけれど、すぐに人影に目がくぎ付けになった。

あの謎の男じゃない。見間違いじゃない。あのシルエットは……

「ガルン隊長……どうして……」

「ハナ、お前こそ、どうしてここに？」

ガルン隊長がすぐに私に気付いて駆け寄ってきた。

「あ、もしかして、あいつとここで待ち合わせか？」

待ち合わせ？　あいつ？

「いえ、ただ、ちょっと一人になりたかったので……あの、ガルン隊長こそどうしてここに？」

そう尋ねると、隊長はばつの悪そうな顔をして頭をかいた。

「あー、いや、その、寂しくなった」

「寂しい？」

「マリーゼに頼まれて、その、おぜん立てしたんだが……いざとなると……情けねぇだろ」

マリーゼに頼まれた？　何を？　おぜん立てって何のこと？

まさか、マリーゼ、私がルーシェに付いてミーサウ王国へ行くことをガルン隊長に話したの？

いえ、私が出発するまでは秘密のはずよね？　駐屯地を辞めることだけは話したのかな？

それで寂しいって……

私も。

私も寂しい。

ああ、駄目だ。こらえていた涙が零《こぼ》れ落ちてしまいそうになる。

「ハナ？　どうした？　何を泣いている？」

ガルン隊長が私の涙を見てオロオロとし始める。がさがさと何かを探してポケットに手を突っ込んだり出したり。

ハンカチ一つ持ってないんだ。駄目ですよ、怪我した時とか汗を拭くためとかハンカチはいろいろ便利なんですから！　相変わらずだ。ガルン隊長は。

もう、私は遠くへ行ってしまうんだから。注意してあげることもできなくなるんだから。ちゃんと、ちゃんとしてくれないと……

「あー、すまん、ハンカチは持ってない……から」

ガルン隊長が、私の眼鏡を外した。

そして、騎士の制服の前ボタンを外し、中に来ているシャツを引っ張って、ごしごしと乱暴に私の顔を拭く。

「た、隊長っ」

「ああ、すまん。洗濯したばかりだし、汗もかいてなくて綺麗だから、な？」

な？　じゃないですよ。

汗はかいてないけど、シャツにはしっかり、ガルン隊長の匂いが染みついてます……

ああ、もうっ。

「ハ、ハナ？　お、おい」

「馬鹿……」

ガルン隊長に抱き着いて、その胸に顔をうずめる。

本当に、馬鹿なんだから、ガルン隊長は。涙が、止まらなくなっちゃったじゃない。

寂しくて、別れが辛くて、でも、自分で決めたことで……。だから、泣かないって決めてたのにっ！

「ごめん、俺は本当に馬鹿だな。大馬鹿だ。今お前が、なんで泣いてるのかさえ分からない」

ガルン隊長の大きな両腕が背中に回った。

ぎゅうっと、もう体中の骨がギシギシ言うくらい強く抱き締められる。

ガルン隊長の息がほおにかかる。ガルン隊長の、少しかすれて低い声が耳に、頭に、胸に響く。

「ハナ……」

名前を呼ばれるのもこれが最後になってしまうのかもしれない。

名前を呼ぶのも、これが最後になるかもしれない。

「ガルン隊長……」

言葉の一つ一つ、ガルン隊長の声、匂い、言葉、仕草……忘れないように覚えておこう。

八年間、ありがとう。私の大切な家族のような隊長。

「待ってるからな。もし、辛いことがあれば、逃げて来ればいい。助けてほしいことがあれば、頼ってほしい」

逃げる？　待っていてくれるの？

頼る？　甘えていいの？

「泣きたくなればまた胸を貸してやるし、それから……」

ガルン隊長がふぅっと短く息を吐き出した。

「覚えておいてくれ……。俺の人生には、ハナが必要だ。今さら何をと思うかもしれないが……。俺の気持ちは変わらない」

隊長には、私が必要……

こんなにも必要としてくれるのが、どれほど嬉しいことなのか。隊長は分かってる？

たった二日の間に、家族も親せきも幼馴染《おさななじみ》も……村の人たち丸ごと失って、一人ぼっちになってしまった私。誰かに必要な人間だと言ってもらえることが、誰かに大切にしてもらえることが、どれだけ嬉しいことなのか。

「いつまでだって待ってるからな。ハナの家もあるんだから、遠慮なく戻ってこい」

ハナの家。そうだ、私には、もう……戻る場所がある。

「ありがとう、ガルン隊長……私、頑張る」

頑張れる。

たとえ、キノ王国に戻ってくることができなくても。帰るべき場所があると、そう思うだけで、きっと私は幸せな気持ちになれる。

「ああ。頑張りすぎるな。あいつと合わないと思ったら……無理しなくていい」

あいつ？　誰のことだろう。ルーシェのこと？　でも、私がルーシェとミーサウ王国に行くことはガルン隊長は知らないんだよね？

不思議に思っていると、ガルン隊長の手が離れる。

ガルン隊長の胸元は、私の涙でぐちゃぐちゃになってしまった。

私はそこにそっと手を伸ばして、服の下にある傷痕を思い出す。

「ガルン隊長こそ、頑張りすぎないでください。待ってると言いながら、死んだりしたら許しませんから」

「そう……だな。もう、ハナは俺の横にはいなくなるんだ。気を付けないとな……」

ふっと小さく隊長が笑う。

「口うるさい行き遅れがいなくなってせいせいするんじゃないですか？」

私はわざと軽い調子で言う。

さっきは泣いちゃったけれど、最後は笑って別れたい。

「そんなわけないだろう」

ぐしゃりと乱暴に頭を撫でられる。大好きな、ガルン隊長の大きな手。

子供みたいに撫でられるのが好きだというのは秘密だ。

「じゃあ、行きます」

ガルン隊長に手を振りながら四、五歩後ろに下がってから、背を向ける。

「ああ。ハナ、幸せに……なれよ」

うん。

ルーシェもミーサウ王国の人も、皆が幸せになれるように、私、頑張ってくる。

巫女として恥ずかしくないように、頑張ってくる。

今まで、ありがとう。

ガルン隊長。


私、ミーサウ王国でも頑張ります。

この作品に対する皆様のご意見・ご感想をお待ちしております。
おハガキ・お手紙は以下の宛先にお送りください。

【宛先】
〒150-6008 東京都渋谷区恵比寿 4-20-3 恵比寿ｶﾞｰﾃﾞﾝﾌﾟﾚｲｽﾀﾜｰ 8F
（株）アルファポリス　書籍感想係

メールフォームでのご意見・ご感想は右のＱＲコードから、
あるいは以下のワードで検索をかけてください。

アルファポリス　書籍の感想　検索

ご感想はこちらから

本書は、「アルファポリス」（https://www.alphapolis.co.jp/）に掲載されていたものを、
改稿、加筆のうえ、書籍化したものです。

下級巫女《かきゅうみこ》、行《い》き遅《おく》れたら能力《のうりょく》上《あ》がって聖女《せいじょ》並《な》みになりました
富士とまと（ふじ とまと）

2020年 3月 5日初版発行

編集－羽藤瞳
編集長－太田鉄平
発行者－梶本雄介
発行所－株式会社アルファポリス
〒150-6008 東京都渋谷区恵比寿4-20-3 恵比寿ｶﾞｰﾃﾞﾝﾌﾟﾚｲｽﾀﾜｰ8F
TEL 03-6277-1601（営業） 03-6277-1602（編集）
URL https://www.alphapolis.co.jp/
発売元－株式会社星雲社（共同出版社・流通責任出版社）
〒112-0005 東京都文京区水道1-3-30
TEL 03-3868-3275
装丁・本文イラスト－Shabon
装丁デザイン－AFTERGLOW
（レーベルフォーマットデザイン－ansyyqdesign）
印刷－中央精版印刷株式会社

価格はカバーに表示されてあります。
落丁乱丁の場合はアルファポリスまでご連絡ください。
送料は小社負担でお取り替えします。

ISBN978-4-434-27187-8 C0093